異界の錬金術士

登場人物紹介

ブラムエル・ユースアリ

キミカの護衛の一人。
寡黙で無表情だが、
情に厚い。軍閥の家系
なので、城の騎士たち
にも顔が利く。

アクサス・ディースプリネ

キミカの護衛の一人。
人当たりがよく
穏やかだけれど、
腹黒な性格で、
一筋縄ではいかない人物。

ルイン・コンステード

キミカの護衛の一人。
口も態度も悪いが、
世話焼きな一面があり、
何かとキミカのことを
気にかける。

キミカ（南田《みなみだ》希美香《きみか》）

働きながら大学に通う貧乏学生。
異世界トリップした際、
あらゆる鉱物を自在に
掘り出す力を手に入れた。
その能力が原因でいろんなことに
巻き込まれつつ、
元の世界に戻る方法を探る。

サリィス王女
トレクルカーム国の
第三王女。
天真爛漫でキミカに
よく懐いている。
トレク王
トレクルカーム国の国王。
穏やかな人柄だが、
そのせいで頼りなく
見えることも。
サータス
『魔導具総合本店』の店主。
快活で包容力もある、
頼れるお姉さん。
ユニ
キミカの世話係。
彼女を姉のように
慕っており、
異世界の事情を
いろいろ教えてくれる。

プロローグ

希美香《きみか》は今、恐らく人生最大の危機を迎えている。

目の前にあったはずの自動販売機は消え、代わりに現れたのはいびつに捻《ね》じれた樹木と、それに絡《から》みつく赤茶色の細い蔦《つた》。

石畳で舗装されていた足元は、枯れ葉が重なった黒い土と、ごつごつした剥《む》き出しの岩に変わっている。

街灯の明かりも無く、満天の星と月明かりに照らし出された周囲の景色は、まさに山林連《つら》なる大自然。

山の中腹辺りにある展望台から見るような景色だが、現代日本の夜景はどこにも見当たらない。

希美香は、今まさに自動販売機のボタンを押そうとした姿勢のまま、しばし固まっていた。

吹き抜ける冷たい風に肩を震わせ、改めて周囲を見渡してみるも、やはり見覚えの無い大自然が広がっているばかり。

「どういう事なの……？」

ここはどこなのか？

「――分からない」

自分は誰なのか？

「――南田《みなみだ》希美香。十八歳……うん、自分の事は覚えてる」

高校卒業と同時に田舎《いなか》を出て、都心で一人暮らしを始めた。働きながら学校に通う大学生。今日は夜中にジュースが飲みたくなり、近所の自動販売機まで買いに来た。

しかし硬貨を投入して購入ランプが点いた瞬間、突然周囲の明かりが消えたように暗くなった。

そして、この状況である。現状に至る原因も理由も見当たらない。

その時、周りには誰もいなかった。車も走っていなかった。故《ゆえ》に、事故に巻き込まれて意識不明で夢を見ている、という訳でもない……と思われる。

「どうすりゃいいのよ、これ……」

途方に暮れるとはこの事かと実感する。本当に何をどうすればいいのか分からない。何をするか以前に、何を考えればいいのかさえ分からない。

とりあえず現状について考えてみたが、何も分からない事が分かったくらいだ。溜め息を吐《つ》いてその場に座り込む。

（町の中で神隠し？　田舎《いなか》の裏山じゃあるまいし、そもそも都心でそんな事が起きるの？）

ここがどこかの山だったとして、まずは下山するべきか。下りるにしても道が分からないので、遭難しないよう山頂を目指すべきか。

（確か山で遭難すると、救助費用は自腹だったような……）

座り込んだままぶつぶつと考え込んでいると、手の平に何か違和感を覚えた。

「なにこれ」

見てみれば、何か小さい粒が沢山くっついている。最初は手をついていた地面の土かと思ったが、よく見ると黄色っぽい粒々だ。

星々と月明かりを反射してキラキラ輝いている。

「綺麗……」

——などと少し現実逃避《とうひ》していたら、ザクザクという土を踏みしめるような音が近付いてきた。

思わず身体を硬直させた希美香が音のした方を見ると、大きな鞄《かばん》を背負ってポンチョのような毛皮のマントを纏《まと》った外国人風のおじさんが、ランタンを片手に訝《いぶか》し気な表情でこちらを見ていた。

しばしそのまま見つめ合い、やがておじさんが話し掛けてくる。

「え……何語？」

しかし希美香にはサッパリ理解できない言葉だった。聞き取れそうな単語が一つもなく、明らかに英語とは違う響きの言葉に戸惑う。

すると、おじさんは身振り手振りで何かを伝えてきた。『オーケー、ちょっと待ってな』とでも言っているかのような雰囲気を見せると、腰の鞄《かばん》からお札《ふだ》のような紙の束を取り出す。

その束から一枚抜き出したおじさんは、希美香に何事か話し掛けながらゆっくり近付き、紙を希美香の額《ひたい》にそっと押し当てた。その瞬間、希美香の頭の中を何かが通り抜けたような感覚が走る。

「これで言葉が通じると思うが、どうかな？　お嬢さん」

「っ！　え、え？　なにこれどうなってるの？　同時吹き替え？」

急に言葉が通じるようになって驚く希美香。最初は、外国人っぽいおじさんがいきなり日本語を喋《しゃべ》り出したと思ったが、よく見れば口の動きと言葉が全然合っていない。まるで吹き替えの映画を見ているような感覚だった。

「おや？　呪符《じゅふ》型の魔導具を見るのは初めてかい？」

「魔導具……？」

未《いま》だ半分呆《ほう》けている希美香に、おじさんは自己紹介を始める。

「俺はラグマン。渡りの行商人をやってる者だが、疎通《そつう》の魔導具が無くて困ってるんならこいつを安く売るぜ？　他にも何か助けが必要なら力になれる」

「あ、あの！　その前に、ここがどこなのか教えてくれませんか？」

自身の事を『渡りの行商人』と語ったおじさん。彼の『助けが必要なら力になれる』という言葉で我に返った希美香は、今現在、自分が置かれている状況を話して、ここがどこなのかを訊《たず》ねる。

希美香の話にしばし耳を傾けていた渡りの行商人のおじさん――ラグマンは、顎《あご》に手を当てながら「ふむ」と呟《つぶや》き、おもむろに言った。

「……あんた、『彷徨い人《さまよびと》』かもしれないな」

「彷徨い人《さまよびと》？」

ラグマンの説明によると、ここは希美香のいた世界とは違うらしい。大昔の大魔術戦争で使用された召喚魔術による空間の歪《ゆが》みが、未《いま》だ各地に残っていて、稀《まれ》に異界から何かが召喚されるのだとか。

「戦争当時、大体は異形の怪物が召喚されていたらしいが、人間が召喚された例もあると聞く。それを彷徨《さまよ》い人《びと》と呼んでいるんだ」

「えー……」

のっけからファンタジックでオカルトチックな話だったが、実際に魔導具の効果を体験しているし、今こうして知らない世界にいるのも事実。この現状については僅《わず》かながら解明されたものの、事態は一ミリも改善していない。

希美香は「どうしよう」とやっぱり途方に暮れた。ラグマンはとりあえず街に行こうと提案する。

「どの道、こんな山奥で一人じゃあ生きていく事も出来ないだろう」

「そうですね……」

よろしくお願いしますと頭を下げる希美香に、彼は軽く笑って頷《うなず》いた。

第一章　彷徨《さまよ》い人《びと》

多くの宝石や貴金属が採掘される事から、宝石の国と謳《うた》われているトレクルカーム国。その領内に点在する街の一つに、カンバスタの街があった。

カンバスタ山脈の麓《ふもと》にあるこの街は、黄金《おうごん》や宝石などを主な収入源にしている。

「眠れなかったのに身体が軽い」

「あー、そりゃ世界を渡っちまうなんて稀《まれ》な体験をして興奮状態にあるのかもな。落ち着いてから一気に疲れが来る事もあるだろうから、休息はしっかりとっておいた方がいいぞ？」

昨夜遅く、ラグマンの案内でカンバスタの街に到着した希美香は、行商人向けだという休憩小屋のような安宿で一晩過ごした後、彼に連れられて領主の館に来ていた。

ラグマン曰《いわ》く、領主に『彷徨《さまよ》い人《びと》』として客人待遇で受け入れてもらえれば、少なくとも衣食住には不自由しないだろうとの事だ。

「他の誰も持ってないような珍しいモノの所有は、貴族のステータスみたいなものだからな」

「うーん、私って珍獣扱いになるのか……まあ、知らない世界で野垂《のた》れ死ぬよりはマシだけど」

謁見《えっけん》者用の質素な椅子にラグマンと並んで座り、ヒソヒソと言葉を交わす希美香。もうすっかり親しい友人同士のように打ち解けている。

若い女性が、知らない世界の知らない土地に一人放り出され、これまた知らない男性に拾われて、知らない街の大きな屋敷に連れてこられたのだ。多少親切にされたからとて、普通はもっと警戒しそうなものだが、ある意味、開き直っている状態にあった。

警戒しようが不信感を抱こうが、何か起きてもどうこう出来る立場に無い。もうなるようにしかならないのだ。投げやりになっていない分だけ、まだ前向きと言える。

やがて、領主らしき若い紳士が謁見《えっけん》部屋に現れた。ラグマンと希美香は揃《そろ》って椅子から立ち上がる。

カンバスタの街の領主、クルーエント伯爵は、行商人の隣にいる風変わりな恰好の少女をちらりと見た。少し訝《いぶか》し気な表情を浮かべつつ、一段高くなっている所の椅子に腰掛ける。

「よく来たな、渡りの行商人よ。何か売り込みたいものがあるそうだが？」

そう問い掛けられたラグマンは、まずは丁寧な礼をしながら挨拶《あいさつ》の口上を述べ始めた。希美香は予《あらかじ》め彼に教えられた通り、斜め後ろに控えて畏《かしこ》まっている。

「この度は私どもの面会を許可して頂き――」

「ああーよいよい、堅苦しい挨拶《あいさつ》は抜きだ。して、何を売りたいのだ？」

早く商品を見せろと、せっつくように促《うなが》す伯爵。普通、領主というのは売り込みに来た商人に足元を見られないよう、尊大に振る舞うものなのだが、伯爵にそのような態度は見られない。ラグマンは『珍しい事もあるものだ』などと思いながら、希美香の事を紹介した。

「彼女は昨夜、カンバスタ山脈の山奥で保護した『彷徨《さまよ》い人《びと》』でして、名はキミカと申します」

ラグマンの紹介を受けた希美香が頭を下げる。

「彷徨《さまよ》い人《びと》、だと？」

クルーエント伯爵は、前のめりだった姿勢を戻して椅子に深く腰掛け、溜め息を吐《つ》いた。何だかあからさまにテンションが下がっている。

実際、掘り出し物を期待していた伯爵は、思いっきり当てが外れて内心がっかりしていた。

長引く不況で街の財政は赤字続き。鉱山の採掘量は減る一方で、王都に納める年貢《ねんぐ》も期日に間に合うかどうかの瀬戸際《せとぎわ》。オマケに渡りの行商人が彷徨《さまよ》い人《びと》を売り込みに来た。

実は凶兆《きょうちょう》の象徴とも謂《い》われる彷徨《さまよ》い人《びと》。好景気の時なら余興《よきょう》にもなるが、このどん底の不景気のさなかに現れるとは、トドメを刺しに来たとしか思えない。

「はぁ……もうどうにでもなれ」

投げやりになった領主はそう呟《つぶや》くと、何か特技は無いかと希美香に訊《たず》ねる。

「特技がなければ、異界の知識でも技術でも何でもいい」

そう促《うなが》すクルーエント伯爵は、王宮に居る上級貴族達の気を引けるような珍しい要素があれば、ダメもとで王都に献上して年貢《ねんぐ》代わりにさせてもらおう、とか考えていた。しかし――

「うーん、急に言われても……」

特技はと聞かれても、希美香は何も思い付かなかった。ジュース代の一三〇円だけ握り締めて家を出て、着の身着のままこちらに飛ばされたので、自分の身体と衣服くらいしか無い。異界の知識と言われても、現代技術を語れるほど理解している訳でもなし。

「特に無いです」と答える希美香に、領主は「まあ、そうだろうな」とがっくりしていた。

この世界に稀《まれ》に現れる異世界人。彼等がこの世界にもたらしたものといえば、未知の疫病《えきびょう》だったり、異界の神話に基《もと》づく奇抜な価値観だったりで、あまり役に立った例は耳に入らない。

役に立った例を一つ挙げるとすれば、王都にある特別な区画『実りの大地』は『その昔、彷徨《さまよ》い人《びと》が作り出した』という説もあるが、これも眉唾《まゆつば》モノとされている。

「もういっそ未知の恐ろしい病気でも持ち込んで、この街を壊滅に追いやってくれれば、王都に見捨てられて朽《く》ち果てるよりはマシかも――」などとネガティブな思考に沈んでいる領主は、うっかり口に出してしまっている事にも気付いていない。

（だ、大丈夫なの？　この人……）

すっごい後ろ向きだなぁという印象を持ちつつ、大汗マークなど浮かべている希美香。俯《うつむ》いてブツブツ言っていた領主は、はたと我に返って顔を上げると、おもむろに告げる。

「あい分かった。貴女を客人として我が街に受け入れよう。適当に世話人を付けるから、適当に街の見物でもして、適当に過ごしてくれ。謁見《えっけん》終わり終わり――ああ、年貢《ねんぐ》どうしよう……」

希美香の受け入れを、次第にテンションを下げながら表明したクルーエント伯爵は、また何事か呟《つぶや》きながら謁見《えっけん》部屋を出ていった。

残された希美香とラグマンは顔を見合わせる。

「何か、ものっそい適当に受け入れられた」

「ははは、まあ住む場所が出来て良かったじゃないか」

素直な感想を述べる希美香に、ラグマンは苦笑しながら返す。言われてみれば確かに、こんなにあっさり受け入れられたのは幸運であった。これでどうにか、明日からも生きていく事が出来る。

「うん……ありがとう。ラグマンさんが親切な人で良かった」

希美香は改めて渡りの行商人に礼を言う。実は希美香に『疎通《そつう》の呪符《じゅふ》』を売りつけた時にもらった黄色の粒々（なぜか希美香の手の平にくっついていた砂金）でしっかり儲《もう》けも出しているラグマンは、少し視線を逸《そ》らしつつ頭を掻《か》いた。

「それじゃあな、嬢ちゃん。元気でやんな」

希美香の世話係がやってくる前に、ラグマンはそう言って謁見《えっけん》部屋を出ていった。そのまま領主の館を後にして、街で商品を仕入れたり、受注したりといった本来の仕事に戻るらしい。

自身の他は執事さんだけが残っているこの部屋で、希美香は世話係の人を待ちながら、これからの事を思う。

(まずはこの世界の常識とか色々聞かないと……)

意外に冷静でいられる自分の適応力にちょっと感心しつつ、昨日の今日で大きく変わってしまった環境に一息吐《つ》くと、改めて室内を見回す。

領主の館の謁見《えっけん》部屋というだけあって、この世界でも結構な上流階級なのであろう事が分かる。いわゆる貴族という種類の人達が住む家。

部屋一面に敷かれた赤い絨毯《じゅうたん》。縦長の窓枠と束ねられた重厚なカーテン。アンティークショップなどに見られる雰囲気とは少し違うけれど、何となく全体的に高級感がある。

(調度品が少なくて広々してるから、意外と質素に感じるのかも。ここまで広くなくていいんで、個室は欲しいなぁ)

細かい彫刻で飾られた椅子やテーブルを眺めながらそんな事を考えていると、扉がノックされた。執事さんの許可を得て、小綺麗な恰好の少年が入室してくる。

少年は、執事さんにお辞儀《じぎ》をした後、希美香の前にやってきて挨拶《あいさつ》の口上を述べた。

「今日から貴女様のお世話を言い付かりました、ユニと申します。よろしくお願いします」

「あ、こ、こちらこそ、私は希美香といいます」

庶民には全く縁の無い『従者』的な存在に、希美香は思わず緊張しながら挨拶《あいさつ》を返した。

金髪碧眼《へきがん》で整った顔立ちに、薄《うっす》らと見えるソバカスが特徴的な、素朴な感じのする少年。希美香より身長も低く、年下っぽい雰囲気だ。

「では、お部屋に案内いたしますね」

「あ、よろしくお願いします」


領主の館を後にした希美香は、ユニ少年の案内で別の建物へ向かう。その道すがら、色々と話を聞いた。

ここカンバスタの街は、宝石の国と謳《うた》われるトレクルカーム国にある街の一つである。この国は、大昔に起きた大魔術戦争の影響で、作物が育たない不毛の土地と化していた。その代わり、これも大魔術戦争の影響か、色々な希少鉱石が地中に埋まっているという。

特に、魔力を含んだ特殊な鉱石類が比較的多く産出される。他所《よそ》の国では滅多《めった》に採掘されない『魔法鉱石類』は、トレクルカームを大国たらしめる象徴であり、同時に他国からの侵略を招く災《わざわ》いの種でもあった。

不毛の土地故《ゆえ》に、食糧は年中不足気味。だが王都にのみ、『実りの大地』と呼ばれる豊かな土地があり、沢山の作物が採れるらしい。

魔法で耕《たがや》されたという言い伝えのある『実りの大地』。そこで生産された作物が、王都に納められる年貢《ねんぐ》に応じて各領主に分け与えられる。

街によって王都に納める年貢《ねんぐ》には種類があり、機械油や鉱物などの他、織物や工芸品などの原料となる品を納めている街もあるそうだ。

「そう言えば、領主の人が年貢《ねんぐ》どうしようって言ってたね」

様々な魔導具や加工品などの技術は全て王都に集中しており、他の領地には生産体制が全くない。年貢《ねんぐ》が納められず王都に見捨てられた街は、打ち捨てられた木の実の如《ごと》く、野盗に喰い荒らされて朽《く》ちていくしかないのだ。

「みんなで他所《よそ》の街や王都に移住とかは？」

「領民は一生その領主の街に結び付けられるので、移住は出来ないんです」

領地が滅ぶ時は、領主も民も一緒。異界から来た『彷徨《さまよ》い人《びと》』や渡りの商人達だけが国内をある程度自由に往来できる。

とはいえ、渡りの商人は定住の権利を持たないので、一つの街には一定の期間しか居られない。

「ふーん、そんな風になってるのか……彷徨《さまよ》い人《びと》がある程度自由に往来できるのはどうして？」

「それは……大魔術戦争の名残《なごり》で喚《よ》び寄せられた彷徨《さまよ》い人《びと》に対して、この国が加害者的な立場にあるから、というのが表向きの理由になっています」

でも——と少し声を潜《ひそ》めたユニ少年は、建前に対する本音的な理由も教えてくれた。

彷徨《さまよ》い人《びと》は、稀《まれ》な存在ではあるが、割と人々に広く知られている。

この国の歴史が記《しる》された資料には、彷徨《さまよ》い人《びと》を冷遇した結果、その街が大きな被害を受けたとか、彷徨《さまよ》い人《びと》の知識から奇妙なブームが生まれ、結果的に収益に繋がったなどのエピソードが、いくつか綴《つづ》られているらしい。

大抵の彷徨《さまよ》い人《びと》は、特に記録に残るような騒動も活躍も無く、静かに余生を過ごしてこの世界の大地に眠る。だが、ごく稀《まれ》に大騒動を引き起こす事もあった。

その街では対処しきれないような事態が起きた場合、対応できそうな他所《よそ》の街へ移ってもらう――彷徨《さまよ》い人《びと》にある程度自由な往来が許されている背景には、そんな事情があるという。

（要はババ抜きのジョーカーなのね……）

希美香は自分の立場をそんな風に理解しつつ、もう一つ引っ掛かる事を訊《たず》ねた。

「彷徨《さまよ》い人《びと》の扱いは何となく分かったけど、そんな厄介な存在はとっとと処分しちゃえーってならないのはどうして？」

「……それをやった街が、過去に壊滅したという記録が残っているんですよ」

その記録によれば、彷徨《さまよ》い人《びと》を処刑した直後から街に謎の疫病《えきびょう》が蔓延《まんえん》。治癒《ちゆ》魔術もほとんど効果が無く、領主一族は全員が死亡して、家系が途絶えた。だが、彷徨《さまよ》い人《びと》の処刑に関わった者全てが死に絶えた途端、疫病《えきびょう》はピタリと治まったという。

後《のち》に、王都の魔術士や研究家のグループが集まり、廃墟と化した街の跡を調べた。訳も分からず処刑された彷徨《さまよ》い人《びと》の恨みの念が、魔力に触れる事で変質し、呪い系の疫病《えきびょう》と化したのだろう、と推察されたそうだ。

「何それ、酷《ひど》い事になってるじゃん……」

「ええ。そういう過去の教訓があるので、彷徨《さまよ》い人《びと》は基本的に丁重《ていちょう》な扱いが受けられるのです」

そして彷徨《さまよ》い人《びと》を受け入れた街は、王都にそれを申請する事で、年貢《ねんぐ》に対する見返りに少し色を付けてもらえるのだと、ユニ少年は説明した。

「ふーむ、リスクに対する慰労《いろう》？　的な優遇制度なのかな」

「納めなければならない年貢《ねんぐ》の量は変わらないんですけどね」

この街の年貢《ねんぐ》は鉱石類で、主に金鉱石を納めているが、近年は採掘量が減少しているらしい。今期は規定量の金が取れなくて困っているのだとか。

「金って言えば……最初の山で座り込んでた時に、いつの間にか手にいっぱいくっついてたなぁ」

あの山は採掘できないのだろうかと訊《たず》ねてみると、実はあそこは金鉱山だという。しかし、もう掘り尽くしているらしく、今はなかなか金も見つからないそうだ。

「ふーむ」

「そんな場所で砂金を見つけられたなんて、不幸中の幸いでしたね」

などという話をしながら歩いていた二人は、やがて一軒の大きな屋敷の前に到着した。

「さあ、着きましたよ」

領主の館の敷地内にある建物で、使用人達が宿泊する屋敷。その一室が希美香に貸し与えられるという。客人として受け入れられたと言っても『賓客待遇《ひんきゃくたいぐう》』とまではいかない。とはいえ、庶民である希美香にとって、世話係付きで寝食《しんしょく》無料の個室住まいは十分な厚待遇であった。

屋敷の中央にある観音開《かんのんびら》きの扉を開いて中に入る。入ってすぐの場所から左右に廊下が延びており、その廊下沿いには各部屋の扉が並んでいた。

正面の広いエントランスホールには、長くて大きな食卓が三つ置かれている。奥の両側の壁には二階へ上がる階段が、そのさらに奥には、壁で仕切られた厨房《ちゅうぼう》っぽい部屋があるようだ。

食卓の並ぶエントランスホールに、数人の使用人さん達の姿があった。

「あら、ユニ。お客さん？」

「なになに？　新人さん？」

お茶をしながらお喋《しゃべ》りしていた二人の女性が言う。ユニは年上の同僚であるらしい彼女達に希美香の事を紹介した。

「ううん、こちらは彷徨《さまよ》い人《びと》のキミカ様。今日からボクがお世話を言い付かったんだ」

「うえっ!?　さ、彷徨《さまよ》い人《びと》って――あ……も、申し訳ありません！」

二人組のうちの活発そうな方が、『彷徨《さまよ》い人《びと》』について思わず口を滑《すべ》らせた様子で、慌てて立ち上がり頭を下げた。希美香は「いいよいいよ」と気にしていない事をアピールする。

先程ユニに聞いた話から察するに、こちらの世界の人にとって彷徨《さまよ》い人《びと》というのは、あまり縁起の良い存在では無いらしい。なので、同僚がその彷徨《さまよ》い人《びと》のお世話をする事になったなんて聞けば、驚くのも無理はない。

その後、メイド長がやってきて、現在この屋敷で待機中の使用人全員がエントランスホールに集められる。そして彼女の口から、希美香の入居が告げられた。

「えーと……南田希美香といいます。これからよろしくお願いします」

「キミカ様は領主様の客人としてカンバスタに滞在されます。皆、失礼のないように」

希美香の挨拶《あいさつ》とメイド長の言葉に、使用人達が声を揃《そろ》えて返事をする。そうして顔合わせが終わると、希美香は与えられた部屋へと案内された。


二階の一番奥の端《はし》。広さは七帖《じょう》くらいだろうか。ベッドと机と椅子。クローゼットに本棚なんかもある。

「生活に必要な物はある程度揃《そろ》っていますが、他に要《い》り用のものがあれば、街まで買いに行きましょう」

「うん、ありがとう」

ユニは「ボクは隣の部屋に居ますので、ご用の際はお呼びくださいね」と言って部屋を出ていく。

一人になった希美香は、ベッドに腰掛けて「はふぅ」と一息吐《つ》いた。

改めて部屋を見回す。

キッチン、トイレ、バスルームなどは無いので、それらは共同の施設を使うのだろう。

(そう言えば、お風呂とかトイレはどうなってるんだろう?)

厨房《ちゅうぼう》は、どんな雰囲気か何となく想像できる。だが、この世界の水事情や衛生観念がどの程度なのか分からないので、場合によっては色々覚悟しなければならない。

(中世の有名な宮殿とか、トイレが無かったなんて話も聞くしなぁ)

ここまで会った人達は、特に体臭が酷《ひど》いとか、香水の匂いがキツイとかの印象はなく、皆割と清潔にしているように思えた。

（まあ、後で聞いてみよう……）

とりあえず、希美香は腰掛けていたベッドにゴロリと転がる。そのまま身体中の力が抜けていく感覚を味わいながら目を瞑《つぶ》った。

昨日の夜から、心の奥底でずっと張りつめていた緊張の糸が、ようやく少し緩《ゆる》んでくる。

（ラグマンさんも言ってたけど……休息はしっかりとらないと……）

気疲れから解放される心地良さを覚えつつ、希美香の意識はひとときの眠りへと落ちていった。


目が覚めると、すっかり日が暮れたらしく、部屋の中はほぼ真っ暗だった。扉の下の隙間《すきま》から廊下の明かりが微《かす》かに射《さ》し込んでいる。

のびをしながら起き上がった希美香は、部屋の明かりはどこだろうと、暗さに慣れてきた目で室内を見回す。そして机が置かれた壁際にランプが掛けてあるのを見つけた。

（あ、そう言えばこれ、どうやって点けるんだろう？　火種とか――）

本体下側の留め具からツマミのような小さい金具が横に突き出ている。そこを弄《いじ》ると、火種も無いのに光が灯《とも》った。

「わっ！　びっくりした。これって魔法のランプ？」

ランプの中で発光しているのは、小さな宝石っぽいものだ。微《かす》かに緑がかった透き通るような光で、結構明るい。その明かりを頼りに、部屋の中をもう一度見回す。

ランプの留め具に付いている金具と似た形の金具が天井から紐《ひも》で下がっていたので、そこにランプをぶら下げる。

「おー……日本の照明と変わらないくらい明るい」

これは便利だと感心しながら室内を物色。するとクローゼットの中に寝間着《ねまき》らしき薄手の服や、大きなタオルなどを見つけた。

机の上には紙の束と、インク瓶にペンもある。ペンは鳥の羽根のような素朴なモノでは無く、キチンとした付けペンだった。

本棚には何も入っていない。

(そう言えば、疎通《そつう》の呪符《じゅふ》って文字とかも読めるのかな?)

そうだったらいいなと思う。コミュニケーションを取りたい対象と意識を繋ぐような仕組みだった場合、紙などに書かれた文字は翻訳されないだろうが。

その時、ふいに扉がノックされた。

「キミカ様、お目覚めになりましたか?」

「あ、うん、起きてるよー。ていうか今起きたとこ」

ユニが様子を見に来たらしい。扉の下の光に影が映っている。

「そうでしたか。夕食の準備が出来ていますので、一階までいらしてくださいね」

「はーい」

そう言えば——と、今朝方ラグマンに分けてもらった少量の干し肉とパン以外、何も食べていなかった事を思い出す。すると途端にお腹が空いてきた。

服は昨日から着っぱなしだが、皺《しわ》になるようなものでは無いので捲《まく》れた裾《すそ》などをささっと直す。

クローゼットの扉の裏に付いていた小さな鏡を覗き込みながら、手櫛《てぐし》で梳《す》いて寝癖がついていないか確認すると、ランプを消して部屋を後にした。

「ご飯～」


一階エントランスホールに並べられた長テーブルでは、十数名の使用人達が食事を取ったり、食後の談笑に興《きょう》じたりしていた。希美香が階段を下りていくと、一斉に彼等の視線が集中する。

(うひ～、こういうの苦手……)

「キミカ様、こちらへ」

大勢の異世界人に視線を向けられて委縮《いしゅく》する希美香に、ユニが助け舟を出してくれた。

椅子を引いて希美香を席に着かせると、大皿に盛ってあるパンや果物を小皿に取って、飲み物も用意する。

「さあどうぞ。食べられないものがあればおっしゃってくださいね」

「あ、ありがとー」

ここでは朝食は焼き立てのパン、昼食は余った食材を使った料理で、夕食は朝と昼の残り物で済ませるというのが、毎日の決まった献立《こんだて》になっている。

「あ、このパン結構おいしい」

「昨日の夜に仕込んで朝焼いたものなんですよ」

領主の館に勤める使用人の宿舎だけに、一流料理人の厨房《ちゅうぼう》から一級品のものが下りてくる。そのため見た目は質素でも、庶民の食卓に上がるパンに比べるとかなりの贅沢《ぜいたく》品であった。

お腹が空いていた希美香は、食べ始めたら好奇の視線も気にならなくなる。丸い手の平サイズのパン二つと、蜜柑《みかん》サイズになったメロンのような甘い果物四つに、アルコールはほとんど無いらしい果実酒二杯をペロリと平らげた。

なかなか豪快な食べっぷりにユニから感心される。

「はぁ～、生き返った」

「ふふ、よくお食べになりましたね」

心地良い満腹感で恍惚《こうこつ》タイムに入っていた希美香は、お皿を下げながら微笑むユニに昨日から気になっていた事を訊《たず》ねる。

「ここってお風呂とかあるの？」

「勿論《もちろん》ありますよ。屋敷の裏手に大きな温泉があるので、後で案内しますね」

「まさかの温泉!?　もしかして露天風呂？」

「そうなんです。元々は庭園に水を流すための溜め池を作る予定だったたんですけどね」

井戸を掘っていたらお湯が出たので、急遽《きゅうきょ》使用人用の湯浴《ゆあ》み場に変更されたのだとか。希美香は何となく、クルーエント伯爵の人柄を感じた気がした。

食後、希美香はユニの案内で湯浴《ゆあ》み場に向かう。道中、トイレの事など衛生事情について色々と話を聞いておいた。その結果、衛生や医療に関しては魔術の発展もあって、十分安心できる程度の環境は保たれている事が分かった。

王都からは辺境の田舎《いなか》街とされているこのカンバスタの街にも、裕福な層が住む区画には上下水道が備わっているそうだ。

「よかった……廊下の隅《すみ》で垂れ流しとかだったらどうしようかと思った」

「あははっ、そんな時代もあったと聞きます」

希美香の下ネタ気味な話に、ユニはクスクス笑いながら応じる。お上品な貴族令嬢だとまず出さないであろう話題を振ってきた希美香に、ユニは親しみ易さを覚えたようだ。

軟弱そうな印象を受ける少年でありながら、最初に希美香と顔を合わせた時から落ち着いていたユニだったが、実は彷徨《さまよ》い人《びと》の世話係に抜擢《ばってき》された事に、少なからぬ不安と緊張を抱いていた。

しかし、夕食の席での豪快な食べっぷりや、ここまでの道中に交わした会話で希美香の人となりを知り、ユニの胸の内にあった『未知のモノへの不安』は、少しずつ解消されていったのだった。

湯浴《ゆあ》み場は、宿舎屋敷の裏庭の小高くなった一画にある。縁《ふち》に大きな石が並べられた池のような作りで、簡単な木の柱と屋根も設けられていた。

宿舎屋敷の裏口から屋根付きの渡り廊下が延びており、温泉脇に立つ着替え用の小屋に繋がっている。

「それでは、着替えとタオルはここに用意しておきますね」

「うん、ありがとねー」

宿舎屋敷に戻っていくユニにお礼を言って見送った希美香は、さっそく服を脱いで籠《かご》に入れると、湯浴《ゆあ》み場へ飛び出した。

「ふおぉ！　紛《まご》う方《かた》なき露天風呂！」

その喜び方はうら若き乙女としてどうなのかと、親からもツッコまれそうな勢いで現在の気持ちを表す希美香。

キョロキョロと洗い場を見回し、積み上げられた湯桶《ゆおけ》を見つける。それを使って源泉が湧き出している小さな浴槽から湯を掬《すく》った。

何度か身体を流して、いざ大きな浴槽へ、というか池風の温泉へ。

「おーー……」

丁度良い温度の湯に首まで浸《つ》かると、しばしボーッとして考える事をやめる。頭の上の方をふわふわ漂っていた意識が、身体の中に下りてきたような感覚。現状を受け入れる準備がようやく出来たと悟る。

ほぐれた緊張と共に、開き直るまでグルグル巻きにしていた心の憂《うれ》いも溶かしていく。今なら、泣いても大丈夫だ。

（誰も見てないし、周りお湯だし、湯気も多いし、薄暗いし――バレないよね）

誰ともなしに同意を求めつつ、掬《すく》ったお湯で顔を濡らしながら、希美香は静かに泣いた。何の脈絡も無く異世界で迷子になってしまった不安と、ここまで必死に抑えつけていた心細さを実感する。

（なんで私はここにいるんだーーーー！　だれか説明しろーーー！　三行でっ）

あまりの理不尽さに湧き上がる怒りの呪詛《じゅそ》は、お湯の中に吐き出した。ゴボゴボゴボ……

「ここのお月様って、緑色してるんだねー……」

ひとしきり泣いて気持ちに整理を付けた希美香は、温泉の縁《ふち》の岩に背を預けながら夜空を見上げていた。

心が十分に落ち着いていると、昨夜は気付かなかったこの世界の色々な姿が見えてくる。都会ではなかなかお目に掛かれない満天の星に、幻想的な緑色の満月。

町の喧騒《けんそう》も無く、車のクラクションやエンジン音の代わりに聞こえてくるのは、虫の声と風の音。まるで山奥の温泉にでも来ているような、ゆったりとした時間。

だが、これがここの日常なのだ。

（彷徨《さまよ》い人《びと》かぁ……）

領主に養《やしな》ってもらえるなら、この世界でも何とか生きていけるだろう。しかし、その領主の屋敷で謁見《えっけん》した時の様子や、ユニから聞いた話によると、この街の現状はあまり芳《かんば》しくないらしい。

王都に納める年貢《ねんぐ》に応じて、『実りの大地』で採れた作物が各街に分け与えられる。年貢《ねんぐ》を納められない街は王都からの支援を受けられず、いずれ廃《すた》れてしまうという。受け入れ先の街が早くも終わりそうなのは不安だ。

夜の露天風呂を堪能《たんのう》しながら、ぼんやりと考える。

「不毛の大地ねぇ……」

背を預けていた岩を振り返り、肘《ひじ》を乗っけて頬を預けながら、外側にある地面に手を触れてみた。

さわさわ。

(ちゃんとした土で樹木や芝生《しばふ》はあるのに、農作物は育たないとか、呪いみたいなもの？)

ラグマンやユニから聞いた話では、この国の土地には大昔の大魔術戦争の影響で、色々な魔法の鉱石などが埋まっているらしい。

(それって、魔法の物質で土が汚染されてるって事？　金とか魔法鉱石とか、そういうの全部掘り出して普通の土で埋めれば、ちゃんと作物が育つようにならないかな)

土の感触を楽しみながら、そんな事を考えていると——

「うん？」

手の平の下が何だかもぞもぞする。「もしかして虫かっ」と慌てて地面から手を離した瞬間、何かがボトボトと落ちて転がった。

「ひえっ——て……何これ」

石の塊《かたまり》のようなものが地面から生えていて、周りに色の付いた小石が転がっている。さっき土に触れた時は無かったように思うのだが。

「はて？」

希美香は小首を傾げながらそれを観察した。石の塊《かたまり》には黄金《おうごん》っぽい金属の塊《かたまり》も交じっている。

とりあえず拾ってみようと、両手で掴《つか》んで持ち上げた。

「重っ」

直径三十センチくらいの、何か色々交ざっている石の塊《かたまり》。山で砂金を拾えるくらいなのだから、この石の塊《かたまり》も少しはお金になるかもしれない。

「観賞用に置いてあったとかじゃないよね……？」

温泉の外側を見渡してみるも、所々に雑草の生えた地面が広がっているばかりで、色付きの石など他に見当たらなかった。

もし温泉の置き石だったなら返せばいいやと、希美香は色の付いた小石と色々交じった石の塊《かたまり》を洗い場で綺麗にし、タオルで包《くる》んで部屋に持ち帰る事にした。

希美香は現在、山で保護された彷徨《さまよ》い人《びと》としてこの街に受け入れられ、使用人達の宿舎屋敷に居《い》候《そうろう》のような形で住まわせてもらっている身だ。なので『お着替えをお手伝いいたします！』みたいなイベントは起きない。

(まあ、起きたとしても、ユニ君に着替え手伝われるのは恥ずかしいわ)

そんなわけで、石の塊《かたまり》を抱えた希美香は誰かに見咎《みとが》められる事も無く、自室へと帰ってこられた。

石の塊《かたまり》と色付きの小石を机の上に置くと、ベッドに腰掛けて髪を乾かす。タオル生地は柔らかく、寝間着《ねまき》も浴衣《ゆかた》のような着心地で悪くない。

(流石《さすが》に電化製品みたいなモノは無さそうだけど、服とか紙とか結構しっかりしてるよね)

この世界の文明レベルは、地球の歴史でいえばどの時代に当たるのだろうかと考え、中世よりもう少し進んだ時代かと推察する。

鉱石が発光するランプや、意思疎通《そつう》が出来る呪符《じゅふ》など、機械の代わりに魔法が発達しているのかもしれない。

(『超田舎《いなか》暮らし』くらいに考えれば、そう悪い環境でもないかな)

衣食住はラグマンとクルーエント伯爵のおかげでこうして確保されている。こちらの世界では勉強もバイトも、友人との約束も無い。何らかの仕事を課せられる様子も無かった。恐らくこの先、有り余るであろう時間を使って、元の世界に還《かえ》る方法を探せばいい。

希美香はそうポジティブに考える事にすると、明かりを落としてベッドに潜《もぐ》り込む。

「明日も平和に終わりますように」

願わくは、目が覚めたら元の世界の自分の部屋に——そんな事を祈りつつ、希美香はゆっくりと眠りについたのだった。


翌朝。思いの外《ほか》さっぱりとした気分で起きられた希美香は、寝起きのストレッチをして身体をほぐしていた。そこへ、ユニがやってくる。

「おはようございます、キミカ様。朝食の準備が出来ていますが、お部屋にお持ちしますか?」

「おはようユニ君。私も下で皆と食べるよ。気を遣ってくれてありがとね」

希美香の言葉に微笑んで応《こた》えたユニは、「それでは参りましょう」と希美香の後に続いた。

「おはよー」

「「「おはようございます」」」

エントランスホールの食堂で使用人達に軽く挨拶《あいさつ》すると、ビシッと声を揃《そろ》えた挨拶《あいさつ》が返ってくる。

昨日は彼等の視線に委縮《いしゅく》していた希美香だったが、温泉で不安も不満も一通りぶちまけてスッキリしたせいか、『プロの使用人さんすげー』とか感心できるほど落ち着いていた。

高校卒業と同時に単身都会に出て、働きながら大学に通っていた希美香は、割と物怖《ものお》じしない性格である。

周囲の状況を把握し、自分の立場を理解すれば、適切な判断に基《もと》づいて動ける行動派の人間なのだ。

「焼き立てのパン最高～！」

「キミカ様、飲み物もどうぞ」

そんな感じで朝食を終えた希美香は、至福の余韻《よいん》に浸《ひた》りながら、今日はこれからどうしようかと考える。

そこでハタと気付いた。特に何も課されていないという事は、何もする事が無いわけで――

「……いかん、このままだと自堕落《じだらく》ニートになってしまう」

「はい？」

さっきまでのほほんとしていたのに、突然深刻な表情になって立ち上がる希美香に、ユニは小首を傾げた。

希美香の「何か私に出来る事はない？」という問いに対し、ユニが「それなら領主様に相談なさってみては？」と答えた事により、今日は領主の所へ改めて挨拶《あいさつ》に行く事になった。

「昨日受け入れてもらって一晩過ごして、今日また挨拶《あいさつ》に行くなんて邪魔にならない？」

「大丈夫ですよ。今は年貢《ねんぐ》の事で悩んでおいでですから、良い気分転換になるでしょう」

さっそく出掛ける準備をしに部屋へと戻る。準備と言っても、着の身着のままで正装する訳でもない希美香は、あのまま領主の館へ直行しても良かったのだが、手土産《てみやげ》に昨日拾った石を持っていこうと思ったのだ。

その前に一応、湯浴《ゆあ》み場の置き石では無い事を、ユニに確認しておく。

「これを、湯浴《ゆあ》み場で拾ったのですか？」

「うん、温泉の近くの地面に埋まってたんだけど、元々置いてあった訳じゃないんだよね？」

希美香が拾った石の塊《かたまり》を見たユニは、いくつか宝石が交じっているようだと気付く。

「ええ、あそこに置き石のような物はなかったはずです」

「そっか、なら安心だわ。それじゃあ行こっか」

タオルを巻いた石の塊《かたまり》を「よっこらせー」と抱えた希美香は、ユニと連れ立って領主の館へと歩き出した。

心のどこかで常に緊張していた昨日に比べて、随分リラックスしている希美香。気持ちが落ち着くと、周りの事もよく見えるようになる。

「そう言えば、ユニ君って歳はいくつなの？　すごく若く見えるけど、しっかりしてるし物知りだし」

実はこう見えて自分より年上だったりしないかと気にする希美香に、ユニは笑って答えた。

「十五歳になります。同じくお屋敷に勤めている姉と一緒に、要人向けの使用人として教育を受けました」

なので貴人に仕えるための知識は一通り身に付けているという。まさに色んな意味で『別世界の人間』であるユニに感心しながら、希美香は会話を続ける。

「お姉さんがいるんだ？」

「はい、アンディといいます。本当は同じ女性の方が安心するのではないかという事で、姉がキミカ様にお仕えするはずだったんですが——」

かなり上からの御達しがあって、ユニが抜擢《ばってき》されたのだそうな。そんな話をしているうちに、二人は領主の館に到着した。


クルーエント伯爵は、大勢の部下達と意見を交わしながら会議室に詰めていた。機密性の高い案件や重要な書類を扱う時などは個室の執務室に籠《こ》もるが、現在はカンバスタの街が管理する各鉱山や採掘場の今後の運営について、改善案等の意見を募《つの》っている最中である。

「やはり東の鉱山は閉鎖して西の採掘場に絞るべきだ」

「いや、微量でも黄金《おうごん》が採れる東の鉱山を閉めるべきではない」

「しかし、現状では鉱夫を無駄に遊ばせておくだけだぞ」

「鉱夫達の給金で赤字になっているようでは、維持する理由が無い」

「だが、一度閉鎖すると再開させる時に膨大《ぼうだい》な費用が掛かるし、盗賊共の根城《ねじろ》にされる危険もある」

採掘量の減少に対応するべく意見を求めた話し合いは、これまでの体制を維持しつつコストを削減しようとする慎重派と、思い切った再編が必要だとする改革派で紛糾《ふんきゅう》していた。

そこへ、昨日受け入れた彷徨《さまよ》い人《びと》が挨拶《あいさつ》に来たという報《しら》せが届く。ならば少し休憩にするかと、行き詰まり気味だった会議室の空気が緩《ゆる》んだ。

執事の案内で会議室に入ってきた彷徨《さまよ》い人《びと》の希美香と、世話係のユニが、部屋の奥で姿勢を崩しているクルーエント伯爵に一礼する。

「昨晩はよく休めたようだな、彷徨《さまよ》い人《びと》キミカよ」

「おかげさまで、助かりました」

クルーエント伯爵が声を掛けると、希美香はそう言って頷《うなず》き、改めて感謝を述べた。会議の席に着いている鉱山関係の役人達は、噂の彷徨《さまよ》い人《びと》に対して多少の興味はあれど、特に気には留めない様子で、議題についてあれやこれやと思案していた。

そんな中、執事が伯爵に耳打ちする。

「ふむ、キミカは何か仕事が欲しいとの事だが……あいにく今この街は不況の真っただ中でな」

「そうですか……」

これといって任せられそうな仕事は無いという伯爵に、『別に仕事が欲しかったわけではないんだけれども』と内心で思いつつ、希美香は理解を示す。

そもそもコレといった特技が無く、まだこの世界の常識にも疎《うと》い自分に出来る事などたかが知れている。

とりあえず、今日は挨拶《あいさつ》だけして帰る事にした希美香は、手土産《てみやげ》の石の塊《かたまり》を差し出した。

「これ、拾ったんですけど、何かの足しになりそうならどうぞ」

拾った石の塊《かたまり》を手土産《てみやげ》にするなんて、それだけ聞くと喧嘩《けんか》を売ってるのかと思われそうだ。だが、宝石や黄金《おうごん》が交じっているっぽい塊《かたまり》なので、多少の価値はあるはずと希美香は考えていた。

石の塊《かたまり》を会議室のテーブルの端《はし》にゴトリと置くと、伯爵をはじめ会議の席に居る者達が何事かと注目する。

「ふう——重かった」

希美香が肩をモミモミしながら巻いていたタオルを解くと、色々な鉱石が交じった石の塊《かたまり》が露《あらわ》になった。その表面に見える金属を目にした途端、鉱山関係者の中でも目利《めき》きの者達が反応する。

「んんっ！」

「これは……」

先程まで興味を示していなかった彼等がワラワラと寄ってきて、石の塊《かたまり》を調べ始めた。

「黄金《おうごん》に交じって、無数の宝石が埋まっているな」

「っ！　おいっ、この石塊《いしかたまり》……魔晶石《ましょうせき》や精霊金《せいれいきん》も交じってるぞ！」

「なにっ！　本当か！」

鑑定していた者達が驚愕《きょうがく》しながらやり取りするのを聞いたクルーエント伯爵が、ガタンと椅子を鳴らして立ち上がる。石の塊《かたまり》は、微《かす》かに光を発していた。

何だか急に物々しくなった雰囲気に、思わず首を竦《すく》めた希美香は、傍《かたわ》らで同じく困惑しているユニに『魔晶石』や『精霊金』について訊《たず》ねた。

「魔晶石や精霊金というのは、魔力の籠《こ》もった特別な魔法鉱石類の事です」

「ああ、昨日言ってたやつね。この国以外では滅多《めった》に採れないんだっけ」

「そうです。この国でも、魔法鉱石類は希少鉱石なんですけどね」

精霊金は黄金《おうごん》の三倍ほどの価値があり、魔晶石に至っては他の宝石の一〇〇倍以上の値が付くという。

伯爵達は、この石の塊《かたまり》から希少鉱石を採り出して、年貢《ねんぐ》の足しにする方向で話し合っているようだ。

「期日までに採れそうか？」

「問題ありません、本日中に十分な量を抽出《ちゅうしゅつ》してみせますよ」

「た、助かった……これで今期の年貢《ねんぐ》は賄《まかな》える」

年貢《ねんぐ》問題という最大の憂《うれ》いを払拭《ふっしょく》できたクルーエント伯爵は、思い出したように希美香に向き直ると、おもむろに訊《たず》ねた。

「どこでこれを？」

「温泉の脇に生えてました」

希美香の答えに、「なぜそんな場所で？」とでも言いたげな表情を浮かべた伯爵。だが、すぐに採掘部隊を編成すると、宿舎屋敷の裏にある湯浴《ゆあ》み場に向かわせた。

世話係のユニを伴《ともな》って領主の館に出掛けた希美香が、工兵を引き連れたクルーエント伯爵と共に帰ってきた事で、宿舎屋敷の使用人達が何事かと驚いている。

彼等が遠巻きに見守る中、希美香の証言に基《もと》づいて温泉の周囲の土が掘り返された。だが、希少鉱石の詰まった石の塊《かたまり》どころか、ただの土以外何も出てこない。

「うーむ、たまたまアレだけが埋まっていたという事か……」

「そうみたいですね」

掘った穴が埋め戻される作業を眺めつつ、クルーエント伯爵の呟《つぶや》きに相槌《あいづち》を打つ希美香。そう上手くはいかないかと一つ溜め息を吐《つ》いた伯爵は、希美香の献上品を称《たた》えた。

「何にせよ、あの石のおかげで今期の年貢《ねんぐ》は賄《まかな》えた。よくやったぞキミカ。褒めて遣わす」

「それはどうも」

まさかこんな大騒ぎになるとは思っていなかった希美香は、伯爵の称賛に肩を竦《すく》めつつ恐縮してみせた。この度の功績に対し、伯爵から希美香に褒美《ほうび》が与えられる。

金貨十三枚。庶民が手にするには十分な大金だ。ちなみに、日本円に換算すると二十万円ほどになる。これはカンバスタの街の資産ではなく、伯爵のポケットマネーであった。

「おこづかいもらった」

「おめでとうございますっ」

ユニはそう言って祝ってくれた。実質一文無しだった希美香は、思わぬところから収入を得て驚きつつも、これで気兼ね無く私物を購入できると、安堵と共に期待を膨《ふく》らませる。

「明日は街に出てみようかな。服とか日用品とか揃《そろ》えないと」

「分かりました、では明日はお買い物に出掛けましょう」

領主の館に帰っていく伯爵達を見送りながら、希美香はユニと明日のショッピングの予定を話し合うのだった。

第二章　市場での出来事

翌日。希美香はユニの案内でカンバスタの街の市場にやってきた。宿場街と一体化した市場は、そこそこの人出で賑《にぎ》わっている。

店のほとんどは掘っ立て小屋か露店で、きちんとした建物の店舗は一部の高級品店くらいだった。

昨日、クルーエント伯爵から褒美《ほうび》にもらった金貨はユニが預かっていた。売り物の値段なども妥《だ》当《とう》な金額かどうかユニが判定してくれるので、希美香は安心して買い物に集中できる。

適当に服など見繕《みつくろ》いながら市場を見て回った。

「服はこんな感じでいいかなー」

「キミカ様、それ男性用ですよ？」

「いいのいいの、こっちの方が動き易いし」

女性用の服はどれもエキゾチックで可愛いが、少々布が多く、ヒラヒラや紐《ひも》がついている。普段着にするのは慣れないと大変そうだからと、希美香は購入を見合わせていた。

「あとは～っと――ユニ君、あの店って何が売ってるの？」

「あそこは魔導具店ですね。魔術に関係する小物や触媒《しょくばい》などが置いてありますよ」

市場の通りから少し離れた場所に見える、小屋というかミニチュアのお屋敷のような建物。いかにも御伽噺《おとぎばなし》に出てきそうな外観をしており、小さな看板も掲《かか》げている。

希美香には読めなかったが、看板には『エンデント魔導具店』と書かれているようだ。

「魔法関連のお店かー……ちょっと寄ってみよう」

魔術に関してはユニもあまり詳しくないらしい。希美香は元の世界に還《かえ》るための情報収集の一環として、魔導具店を訪ねてみる事にした。

転移魔法などの情報があれば詳しく聞いておきたいと、その店に足を向けようとした瞬間、突然背後からの衝撃を受けて吹っ飛んだ。

「ふぎゃっ」

変な悲鳴を上げて前のめりに転んだ希美香の隣で、ユニも転んでいた。その二人の間を何者かが駆け抜けていく。

「ああ！　キミカ様の金貨がっ」

（えっ、ひったくり!?）

慌てて身体を起こした希美香は、駆け抜けていった人影を探す。すると、騒ぎで人混みが割れた先に、希美香のお小遣いが入った小袋を手に走り去る男の後ろ姿が見えた。

（捕まえないと……！）

咄嗟《とっさ》にそう思った希美香だが、追い掛けて対峙《たいじ》するのは危ない。横を見れば、ユニが泣きそうな顔になって起き上がり、追い掛けようとしている。

（てゆーか、今から走っても追い付けそうにないし——何か投げ付けよう！）

相手は既に七、八メートルほど離れていて、もう捕まえられそうにない。だが、か弱い乙女を突き飛ばした挙句《あげく》なけなしのお小遣いを奪い、ユニ少年を涙目にさせた悪漢《あっかん》だ。憤《いきどお》りを覚えた希美香は、せめて一太刀浴びせねば気が済まないと地面に手を這《は》わせた。

（頭に当たって気絶！　後遺症は無し！）

上手く当たった様子を想像しつつも、過剰防衛にならないよう配慮するのは、法治国家に住んでいた日本人の性《さが》だろうか。

そんな希美香の手の平に、何かが収まる感触。見れば、黒光りする手の平サイズの石を拾っていた。何だか宝石みたいな綺麗な石だったが、この際何でもいいやと立ち上がった希美香は、それを逃げる犯人に向かってぶん投げた。

「うおりゃ！　こんちくしょー！」

か弱い乙女としてその掛け声はどうなのかと、誰かからツッコミが入る心配も無く全力投石。希美香と犯人の間に通行人や障害物も無い――と思いきや、空気を読まない人というのはどこにでもいる。

周囲の騒ぎを無視して横切ろうとする通行人が、石の射線を塞《ふさ》いだ。

「あっ」

希美香の投げた石が通行人に当たりそうになった瞬間、石は黄色に発光すると、不自然な軌道を描いてその通行人を避け、見事犯人に命中した。

「え、なに今の」

頭部に光る石を喰らって昏倒《こんとう》するひったくり犯。ざわめく野次馬《やじうま》達。ぶつけた希美香本人が一番驚いているが、とりあえず奪われた小袋は無事に回収できた。

「凄いですキミカ様！　今のは魔術ですか？」

「ううん、よく分かんない。適当に拾った石を投げただけだし」

そもそも魔術に関しては、ラグマンから買った『疎通《そつう》の呪符《じゅふ》』くらいしか知らない希美香だ。

「あれ、そうなんですか？」

ユニは、もしかしたら群衆の中に気まぐれな魔術士がいて助けてくれたのかもしれないと、先程の現象について推測した。魔術士には変わり者や気難しい者が多く、基本的に偏屈《へんくつ》で独善的だったりもするので、後で謝礼を要求しに来るかもしれないという。

その後、駆け付けた衛兵にユニが事情を説明し、犯人はしょっ引かれていった。だが、希美香が拾って投げた光る石はどこにも見当たらない。

（誰か持っていったのかな……まあ、拾い物だし別にいいか）

そんな事を思いながら、ユニと衛兵が話している様子を眺めていた希美香に、声を掛けてくる者が居た。

「お前さん、なかなか良い腕をしておるなぁ、ワシの弟子にならんかね？」

「はい？」

振り返ると、金縁眼鏡《きんぶちめがね》のお爺さんがいた。先端が折れた三角帽にローブ姿。薄く青ずんだ灰色の衣装には、沢山の細かい飾りが付いている。そんないかにも魔法使いっぽい恰好をした人が、先程の黒い石を手に佇《たたず》んでいた。

蔦《つた》と葉の模様が彫り込まれた、絵本に出てきそうな雰囲気のお洒落《しゃれ》な扉。それを開いて中に入ると、少し狭くて薄暗い店内には、色々なものが雑多に飾られていた。

「楽にしなさい」

「おじゃましまーす」

希美香を弟子にスカウトしようとしたお爺さんは、この街で魔導具店を営《いとな》んでいるエンデントという名の魔術士だった。彼に誘われて店にやってきた希美香達。なかなか怪しげな雰囲気にユニは引き気味だが、物怖《ものお》じしない希美香はさっそく魔法について訊《たず》ねた。

「あの、召喚とか転移とか、世界移動関連の魔法ってありますか？」

「召喚？　転移はまだ分かるが、世界移動とは――お前さん、禁呪《きんじゅ》の復活でもニィヴィナニッキィミケンドゥリ？」

「ふえ？　あ、お札の効果が切れたのか」

話している途中で急に相手の言葉が分からなくなり、少しびっくりした希美香だが、呪符《じゅふ》の効果が切れたのだと気付いてすぐに新しいのを用意した。

ラグマンから買った呪符《じゅふ》の束から一枚取り出し、自分の額《ひたい》に当てて効果が発現するのを待つ。

「これでよし」

「んん？　お前さん、ずいぶんと面倒な事をしておるなぁ」

希美香が呪符《じゅふ》を束で持ち歩いているのを見たエンデント爺さんが、そう指摘する。

「そんな粗悪品じゃあ毎日消費せにゃならんだろうに」

「え、これ粗悪品なの？」

お札一枚で丸一日、言語の壁を越えられるなんて凄いとか思っていた希美香は、エンデント爺さんから『底辺魔術士がこづかい稼ぎで作るようなレベル』と告げられてショックを受けた。

「おのれラグマンさん！　ぼりやがったわねっ」

「ラグマン……？　ほほっ、あの渡りの行商人か」

街から街へ、定期的に移動している商人ラグマンの事は、エンデント爺さんも知っていたようだ。

この店も仕入れの一部は行商人達を頼っているので、割と顔見知りになるらしい。

「ふむぅ、彷徨《さまよ》い人《びと》とは……お前さんがのう」

希美香の事情を聞いたエンデント爺さんは、この世界で暮らすなら疎通《そつう》の魔導具は一生モノになるので、指輪なり腕輪なりピアスなりネックレスなり、装身具型の物を使うと良いとアドバイスしてくれた。

「宝石付きなら安い物でも効果が八十年は続くはずじゃ」

「そんなに！」

魔導具越しの会話でも、それだけ長く同じ言語に触れていれば自然に覚えられる。効果が切れる頃には普通に現地語が喋《しゃべ》れるようになっているじゃろう、と。

「それって、ここにも売ってます？」

「勿論《もちろん》じゃ。王都から仕入れた良い品が揃《そろ》っておるぞい」

エンデント爺さんの解説を聞いて購入を決めた希美香だったが、値段を聞いてがっくり膝《ひざ》をついた。一番安い腕輪でも金貨四十枚。今回もらったおこづかいの残りでは全く足りない。

「金目の物との交換でもよいぞ」

宝石や貴金属などの換金も受け付けているエンデント爺さんは、先程の黒い石を買い取るという。魔法の効果付きなので金貨十五枚は出しても良いそうな。

「そう言えば、あの黒い石って何なんですか？」

「むん？　追尾《ついび》と衝撃の効果を付与した宝石の飛礫《つぶて》じゃろ？　なかなか贅沢《ぜいたく》な仕様じゃが、お前さんが作ったのではないのかね？」

「いや、拾っただけなんですけど……あっ！　そうだ」

希美香の脳裏《のうり》にピキーンと閃《ひらめ》いたのは、ここ二日間の出来事。山でも露天風呂でも、適当に地面を触っただけで、砂金や色々な鉱石の交じった石の塊《かたまり》を見つけた。

この国は作物が育たない代わりに、色んな鉱石が埋まっているらしい。さっきも引ったくり犯にぶつけるものを探していて、魔法の効果付きらしい黒い石を拾ったのだ。

「適当にそこら辺の地面を探したら、宝石の一つや二つ見つかるかもしれない！」

「いや、そんなわけは……」

ユニの遠慮がちなツッコミを他所《よそ》に、希美香は一旦外に出る。店の裏手にある開《ひら》けた場所で四《よ》つん這《ば》いになりながら地面をまさぐり始めた。

「売れそうな物！　なんか出ろー」

地べたに手を這《は》わせて『金目の物』を探す希美香を見たユニは、呆れ半分で戸惑いの表情を浮かべていた。

(彷徨《さまよ》い人《びと》――異世界人って、予想以上に常識のない人達なのかな……)

希美香の今回の行動について、上司にどう報告しようかとユニが考えていた、その時。

「あっ、売れそうな石みっけ」

「え」

翳《かざ》すように上げられた希美香の手には、拳《こぶし》くらいの大きさで表面がノッペリした、深みのある緑色の石が握られていた。

さっそくエンデント爺さんに鑑定してもらおうと店に戻る希美香。ユニは、あんな石が落ちていたら目立つはずでは？　と困惑しつつ希美香の後に続いた。

「うおおお！　何じゃこれはーっ」

希美香に石の鑑定を頼まれたエンデント爺さんは、思わず叫んでいた。

それは、かなり巨大な宝石だった。推定二五〇〇カラット相当の代物《しろもの》だ。

「こんな大物、そうそう掘り当てられるモノでは無いぞ……どこで手に入れた？」

声を潜《ひそ》めたエンデント爺さんは、『入手先がヤバいところなら、取り引き自体が危険じゃ』と慎重になる。

「え、裏に落ちてたんだけど」

「こんなもん、そこらに落ちててたまるか！」

きょとんとする希美香のあり得ない答えに、全力でツッコむエンデント爺さん。だが、世話係のユニも『確かに店の裏手で見つけていた』と証言した。とにかく、地面に埋まっていたのを拾ったのは間違いないと。

おいそれと持ち出せるような代物《しろもの》では無いので、誰かが落としたとも思えない。

「うーむ……領主の館に勤める世話係が保証するなら、まあ大丈夫じゃろう」

エンデント爺さんはそう言って、希美香との取り引きに応じる姿勢を見せる。しかし鑑定の結果、宝石の価値が高過ぎて買い取れないという事態に陥《おちい》った。

これだけの品なら魔術の触媒《しょくばい》としても申し分なく、十分に魅力的な商品なのだが、買い取りのための金貨が全く足りないのだ。

「今この店にある金貨に加えて全商品との引き換えなら、どうにか釣り合いはとれるじゃろうが……それだと商売が成り立たんからなぁ」

「これ、そんなに価値があるの……？　うーん、それならこういうのはどう？」

適当に拾った石がそこまで凄いモノなのかと、半信半疑な希美香。彼女が示した提案を、エンデント爺さんが諸手《もろて》を挙げて受け入れた事により商談が成立した。

今後、この店の商品で希美香が欲しい物があれば、その都度《つど》交渉して手に入れられる事となった。召喚魔術や彷徨い人《さまよいびと》に関する情報を含め、魔導具以外の商品なども頼めば仕入れてもらえるらしい。

元々あまり顧客《こきゃく》の多くなかったエンデント魔導具店。希美香は初来店にして最大級のお得意様になっていた。

「それじゃあまた今度」

「うむ、良い取り引きじゃった」

装身具型の『疎通《そつう》の魔導具』も手に入ったし、当分は生活にも物資にも困らないだろうとホクホク気分で帰宅の途に就《つ》く希美香。

ユニは希美香の、彷徨い人《さまよいびと》としての特異性を垣間見《かいまみ》た気がして、『単なる異世界の一般人』という認識を改める。

(帰ったら報告内容を纏《まと》めないと)

ユニがそんな真面目な事を考えているとは全く気付かない希美香なのであった。

夜。領主の館の会議室にて。

「では、東の鉱山はひとまず半分を閉鎖し、後は様子を見て決めるという事でよろしいかな？」

「現状ではそれが妥当《だとう》だろう」

「とにかく鉱夫の数を減らさねば、赤字がかさむばかりだからな」

先日から話し合われていた鉱山関連の議題が粗方《あらかた》片付き、役人達の疲労の表情の中にも安堵の色が浮かぶ。

「ところで、あの彷徨《さまよ》い人《びと》の様子はどうだ？」

皆が一息吐《つ》いて肩の力を抜いている中、クルーエント伯爵からついでのごとく希美香の話題が出された。一応、今期の年貢《ねんぐ》を間に合わせてくれた功労者なので、何となく水を向けたらしい。

すると、世話係のユニから報告を受け、それらを纏《まと》める役割を仰《おお》せつかっている彼の上司が、書類を取り出しながら少し逡巡《しゅんじゅん》するように言う。

「その事なのですが……」

世話係のユニから上がってきた、今日の報告内容が読み上げられると、にわかに会議室がざわめく。希美香は何の変哲《へんてつ》もない店の裏手の地面から、巨大な宝石を掘り出したというのだ。

あの石の塊《かたまり》の件といい、超高価値な希少石を短期間で二度も『拾う』などあり得ない。もはや異常と言えるだろう。だが本人には自覚が無いらしく、この国ではそこら中に宝石が落ちているかのように思っている節《ふし》があるという。

「ふむ、宝石類を見つけ出す特技でもあるのか？」

「その件については、魔導具店のエンデント氏が調べてくれているようです」

彷徨《さまよ》い人《びと》は、稀《まれ》に特殊な能力を持っているという話も聞く。本人は特技が無いと言っていたが、自分の力に気付いていない可能性もあるだろう。

「まあ、街に何かしら益《えき》をもたらしてくれるなら、今後も自由にさせておいて問題無かろう」

またぞろ魔法鉱石でも掘り当ててくれれば、この街も安泰だ。クルーエント伯爵がそう締め括《くく》ると、役人達も揃《そろ》って頷《うなず》いたのだった。

第三章　異能の力

希美香がこちらの世界に来て十数日が経ったある日。

エンデント魔導具店から『注文の品が入荷した』との報《しら》せを受けた希美香は、一人で市場を訪れていた。この世界の生活にも随分と慣れてきた今日この頃。簡単な買い物くらいなら、ユニの助けがなくとも行《おこな》える。

「こんにちはー」

「おお、来たか」

お洒落《しゃれ》な扉を開けて魔導具店に入った希美香は、さっそく頼んでいた品物をエンデント爺さんから受け取った。

「しかし、こんなもんどうするんじゃ？」

「ちょっと実験」

エンデント爺さんの伝手《つて》で王都から取り寄せられた品物は、家庭菜園程度の設備で育てられる小さな果物の種だった。この国では王都の一部地域を除いて使い道の無い、ある意味不要な品物である。

「実験？　なんじゃ、作物の育成実験でもやるのか？」

「うん、そんなとこ」

希美香は、自身に宿っているらしい不思議能力について、エンデント爺さんの協力も得て検証を行《おこな》っていた。引ったくり犯に投げつけた魔法効果付きの黒い宝石や、店の裏で見つけた巨大宝石、それに露天温泉で拾った複合鉱石の事も。

当初、希美香は『この国の地面には宝石や貴金属がごろごろ落ちてる』ものと思い込んでいた。だが、実はいずれも希美香自身が『引き寄せていた』事が分かった。何かを思い浮かべながら地面に触れると、イメージした通りの宝石や鉱石を引き寄せる能力が備わっているのだ。

これに気付けたのは、エンデント爺さんの働きが大きい。希美香から件《くだん》の宝石を買い取ったエンデント爺さんは、それらの入手経路について詳しく聞き出し、希美香が彷徨《さまよ》い人《びと》である事を加味して推論と仮説を立てた。

その仮説に基《もと》づいて、希美香に適当な宝石を思い浮かべながら地面に触れさせた結果、見事イメージした宝石を引き寄せる事に成功したのだ。

大雑把《おおざっぱ》なイメージだけで発現するという条件の易《やさ》しい能力なので、サンプルがあればそれと同じ種類の宝石や鉱石を引き寄せる事も出来る。

しかも、魔晶石や精霊金といった、非常に希少な魔法鉱石でもお構いなしに引き寄せてしまうという、割ととんでもない能力だ。

魔法効果付きの黒い宝石は『相手に命中する、当たった相手は気絶する、ただし怪我はしない』という、希美香があの時に思い描いた通りのモノだった。

有益ではあるが、国の経済にも影響を与えかねないほど強力な力。気軽に扱うのはあまりに危険だ。世間一般に知られれば、悪人に狙われる可能性が高いと判断したエンデント爺さんは、クルーエント伯爵ら街の上層部に掛け合って、希美香の能力を表沙汰《おもてざた》にしないよう画策した。

そんな訳で、希美香は時折引き寄せた宝石を献上するなどして街の財政に貢献しながら、元の世界に還《かえ》る方法も探しつつ平穏な毎日を送っていた。希美香の能力を知る者は、エンデント爺さんに世話係のユニ、クルーエント伯爵とその周囲の僅《わず》かな側近達だけである。

「魔法の効果付き宝石とかを引き寄せられるんならさ、作物の生育を阻害してる要素を除去するような宝石とかも引き寄せられるんじゃないかなーって思って」

「ふーむ、まあ別に禁止されておる訳ではないから、構わんとは思うが……」

過去にも王都の『実りの大地』以外の場所で作物を育てる実験は何度かあったそうだが、いずれも結果は散々《さんざん》だったらしい。

後にした。


「勝算はあるのかね？」

「う～ん、やってみないと分かんないかなー」

そう言って肩を竦《すく》めた希美香は、種の取り寄せについて感謝を述べつつ、エンデント魔導具店を後にした。


能力が明らかになって以降、希美香の住まいは宿舎屋敷の一室から、領主の館の離れに移っていた。

客間の一室を借りていた頃と違い、離れの建物が丸々提供されている。希美香がその離れに戻ると、いつものようにユニが出迎えてくれた。

「お帰りなさいませ、キミカ様」

「ただいまユニ。実験の準備はどう？」

帰ってくるなりそう訊《たず》ねた希美香に、ユニは癒《いや》される笑みを浮かべながら答えた。

「既に整っていますよ。いつでも大丈夫です」

「そっか、じゃあさっそく」

そのまま離れの裏手に向かう希美香とユニ。そちらには、裏庭と呼べるほど手入れはされていないが、そこそこ整えられている空き地がある。

希美香の留守中、ユニには空き地の一部をプチ菜園にするべく、適当な囲いを作ってもらっていた。

「うん、いい感じ」

囲いの中に入った希美香は、地面に手を当てて集中した。作物が育たない原因があるのなら、それを取り除くというイメージを膨《ふく》らませる。

（この囲いの中で、作物が育つように、邪魔になってる要素を取り除く！）

すると、囲いの中にサツマイモのような形をした複数の金属の塊《かたまり》が、ニョキニョキと生えてきた。赤銅色《せきどうしょく》の表面には水晶のような透明の石も埋まっている。

「わわっ、キミカ様！　何か生えてきましたよっ」

「えー……何これ」

『何か思ってたのと違う』と困惑する希美香。今回イメージしていたのは、この囲いの中で作物が育つために必要な効果をもたらす宝石、というものだった。その魔法の効果付き宝石を魔力の汚染除《よ》け、すなわち魔除《まよ》けとして使うつもりだったのである。

それなのに、何故か金属と鉱石の塊《かたまり》が大量に湧いて出た。とりあえず、それらを脇に除《よ》けて作物の種を植える準備をする。

「この塊《かたまり》、どうしましょう？」

「うーん、イメージ通り魔除《まよ》けの効果があるのかもしれないけど、何か違う気がするし……」

むしろ禍々《まがまが》しくさえ見える。腕組みしながら唸《うな》った希美香は、一旦袋に纏《まと》めて畑の片隅《かたすみ》にでも置いておくようユニに指示した。

「後は土を耕《たがや》してー、種を蒔《ま》いてー、水を撒《ま》いてー」

家庭園芸用の小さいクワで簡単に耕《たがや》した土に、種を植えていく希美香。その作業を手伝いながら見ていたユニが、興味深そうに言う。

「へぇー、作物ってそうやって作るんですかー。他の花や草木と変わらないんですね」

「え？　――ああ、そっか」

ユニの言葉を聞いて、作物の育て方を知らないのかと一瞬驚いた希美香だが、すぐに納得する。この国の街々は王都からの配給に頼っていて、その体制が何十年と続いてきたのだ。しかも生まれ育った街から一生出られないという人々が、農作のやり方を知らなくても無理は無い。

「キミカ様って、農業もやってらしたんですか？」

「あはは、農業ってほどじゃないけど、田舎《いなか》の実家にちょっとした農園があってね。お爺ちゃんが亡くなってからはビニールハウス一棟《いっとう》だけになっちゃったけど、お婆ちゃんが今も野菜を作ってて」

子供の頃からよく手伝いをさせられていたと、懐《なつ》かしそうに語る希美香。

「私が生まれ育ったところって、ここみたいに自然が多い場所でね。思春期の頃はそんな田舎《いなか》が嫌で、高校卒業してからすぐ都会に出て一人暮らししてたの」

ユニには所々分からない言葉もあったものの、希美香がどんな風に暮らしていたのか、情景が浮かぶくらいには理解できたようだ。

「還《かえ》りたい、ですか？」

「うん……帰りたいなぁ」

呟《つぶや》いて空を見上げた希美香は、何だかしんみりしてしまった事に照れつつ道具を片付ける。それが終わると、気持ちを切り替えてユニに告げた。

「さて、今日の菜園作業はおしまい。ちょっとエンデントさんのところに行ってくるわ」

「分かりました。お茶の準備をして待ってますね」

以前は、どこへ行くにもユニが同行して案内役を務めていたが、ここでの生活にもすっかり慣れた今は、街との行き来くらいは希美香一人で大丈夫だ。住む場所が広くなった分、管理するべき範囲も広がったので、ユニには生活環境の整理全般を任せている。

ユニが希美香の世話係に抜擢《ばってき》される前まで担《にな》っていた仕事なので、不慣れな案内役を務めるよりは伸び伸びとやれているようだった。


再びエンデント魔導具店にやってきた希美香は、プチ菜園作りの際に出てきた金属鉱石の塊《かたまり》を一本サンプルとして渡しながら、これはなんだろうかと相談する。

「これなんですけど、どんな効果があるか分かります？」

「ほほう？　これは……」

眼鏡《めがね》をひょいと直したエンデント爺さんは、金属鉱石の塊《かたまり》をじっと見つめたまま動かなくなった。

「……」

「あの、エンデントさん？」

まるで時間が止まったかのように固まっている。その様子を訝《いぶか》しみながらも、少し不安になった希美香が声を掛けると、エンデント爺さんが再起動した。溜め息を吐《つ》きながら眼鏡《めがね》を外し、金属鉱石の塊《かたまり》をカウンターの上にそっと置く。

「ふぅ～……有り得んわい」

「え？」

ポツリと呟《つぶや》いて額《ひたい》の汗を拭《ぬぐ》ったエンデント爺さんは、再び眼鏡《めがね》を掛け直すと、希美香に真剣な口調で語る。

「よいかキミカ。これは精霊金と魔晶石の塊《かたまり》じゃ。こんなモン、ワシも見た事ないわい」

齢《よわい》五十二を数える魔術士エンデント。魔導具を取り扱う店を始めてから三十余年経つが、ここまで極端な魔法鉱石の塊《かたまり》を見たのは、生まれて初めてだという。

「これ、そんなに凄い石なの？」

「凄いというか、まず有り得ない在り方をしておるというか……いろいろおかしい」

「そんなに？」

精霊金や魔晶石といった希少な魔法鉱石については、以前にもそれらが交じった石の塊《かたまり》を露天温泉で拾っている。

街に受け入れられた翌日、クルーエント伯爵に改めて挨拶《あいさつ》に行った際の手土産《てみやげ》にしたところ、王都に納める年貢《ねんぐ》の足しになったとかで大層喜ばれた。

「何でそんなモノが湧いて出たんだろう？」

ハテナと小首を傾げる希美香に、エンデント爺さんが呟《つぶや》く。

「もしかすると、お前さんのイメージ通りになったのかもしれんな」

「どういう事？」

このトレクルカーム国の大地で作物が育たないのは、大昔の大魔術戦争による魔術の影響と言われている。希美香のイメージによって、大地を汚染していた魔力が抽出《ちゅうしゅつ》されたと考えれば、この有り得ない魔法鉱石にも一応の説明が付くという。

「お前さんのイメージした通り、『作物の生育の邪魔になっている要素を取り除く』ために引き寄せられた宝石という事になる」

また、最初にイメージした際、『囲いの中で』という条件を付けたので、その範囲内の地面に浸透している魔力が凝縮された結果、このような異常な塊《かたまり》になったのかもしれない。

「もし範囲の指定をしていなかったら――街中、いや、下手をしたら国中の地面から、魔法鉱石が湧き出していたかもしれん」

「えー……」

希美香の能力がどの程度の範囲まで影響するかは不明だが、魔術は取り扱いを誤れば、時に大惨事を引き起こす。広範囲に影響しそうなものをイメージする時は気を付けた方が良いとエンデント爺さんは忠告する。

「ふーむ……じゃあ、今は囲いの中は魔力に汚染されてなくて、作物が育つかもしれないって事ですか？　一応、種は植えてみたけど」

「まあ実際に芽が出るかどうか、数日後には分かるじゃろ」

深刻な雰囲気から一転、あくまで推論だからと普段の軽い調子に戻ったエンデント爺さん。希美香もそれに同意する。

「そうですね」

もし上手くいったら快挙だとエンデント爺さんは言う。希美香の能力とその影響については少し大袈裟《おおげさ》に言って脅《おど》かしたが、湧き出てきた魔法鉱石が貴重なモノなのは事実なので、いざという時のために大切に取っておけとアドバイスされた。

「これ一本でも、ワシがお前さんから買ったあのでっかい宝石の百倍は価値があるからのう」

「そんなに⁉」

適当に袋に詰めて畑の片隅《かたすみ》に置いてきた事を思い出した希美香は、帰ったら即回収して部屋に運んでおこうと決める。

(領主さんにプレゼントしたら喜ばれそうだけど、秘密の財産として持っておくべきよね)

エンデント爺さんのアドバイス通り、いざという時の切り札になるかもしれないと思うのだった。


それから十日ほどが経過した頃、ようやく実験の結果が出た。

「キミカ様、キミカ様っ、これってもしかして……」

「あー、生《な》ってるね」

興奮気味にソレを指さすユニに、希美香は落ち着いて応《こた》える。裏庭のプチ菜園に小さい実が生《な》ったのだ。見た目はトマトのような果物で、王都から支給されたモノに比べるとかなり貧相だったが、ちゃんと収穫する事ができた。

「土の栄養が足りなかったのかな？」

ひとまず実際に食べられるかどうか、領主の館の厨房《ちゅうぼう》に持っていって鑑定してもらう。

料理人は希美香が持ち込んだ実を手に取り、マジマジと見つめて訊《たず》ねた。

「これを、裏庭で作られたと……？」

「うん。実が生《な》ったのはいいけど、毒とか含んでたら怖いから、視《み》てもらおうと思って」

厨房《ちゅうぼう》の料理人達が調べた結果、特に有害な成分は検出されなかった。『少し貧相な果物』として普通に食べられるようだ。

作物が育たない原因と思われる魔法鉱石。それを根こそぎ抽出《ちゅうしゅつ》してしまえば、その土地では作物が育つようになる事が、実験によって証明された。

「これ、時間は掛かるだろうけど大規模にやったら、食糧事情も改善するかも？」

「キミカ様、凄いです！」

おおよそエンデント爺さんの推論通りの結果だ。実験の成功に割と満足している希美香と、感嘆しつつ称賛するユニ。実を鑑定してくれた厨房《ちゅうぼう》の人達も、これは結構大変な事なのではと驚いていた。


そんな事があってから数日後。クルーエント伯爵の執務室にて。

伯爵は、王都から届いた公式書簡の内容に、苦渋《くじゅう》の表情を浮かべていた。

「これは……」

「使者の方からは、早急に執行するようにとの通達も御座《ござ》いました」

書簡を持ってきた執事が、今朝方これを届けに来た王都の使者からの『忠告』を伝える。

公式書簡の内容は、『貴殿が保護している彷徨《さまよ》い人《びと》キミカを直《ただ》ちに王都へ差遣《さけん》させよ』というもの。事実上の召致《しょうち》令状であった。

「やはり、あの事が原因か？」

「恐らくは……」

希美香が宝石や貴金属を引き寄せる能力を宿している事は、王都にも伝えてある。それに関して王都側の反応は特に無かった。カンバスタからの年貢《ねんぐ》が安定するので、王都としても問題は無かったものと思われる。

しかし先日、希美香は離れの裏庭に菜園を作り、そこで作物を育てて収穫に成功した。王都から派遣された調査員がその事を嗅《か》ぎ付け、上に報告していたらしい。

伯爵達が把握していない調査員――要は、各領主達を監視して動向を探る密偵《みってい》達である。

「農作物の実験はこれまでにも何度かあったから、見逃されるかと思ったのだが……」

「これまでの実験例とは、事情も結果も大きく異なります」

トレクルカーム国の地中に埋まっている魔法鉱石は、石ころサイズの物から砂粒サイズの物まで様々で、もはや土壌の一成分として国内全域が魔力で汚染されているような状態である。

この国で農作物を育てたいなら、地面に大穴を掘って魔力を通さない材質で囲い、その中に他所《よそ》の国から大量の土を持ってくるくらいしなければならない。

地面から魔法鉱石類を根こそぎ掘り出す事など、そもそもが実現不能な話だったのだ。しかし、希美香にはそれが実現できる。

王都の『実りの大地』以外の土地での農業は不可能という定説が、覆《くつがえ》された。これが問題視されて、希美香は王都に召致《しょうち》される事になったのだ。

「やはり、彼女が種の取り寄せをした時点で事情を話して、実験を中止させておくべきでした」

「はぁ〜……自由にさせ過ぎたのが裏目に出たか」

クルーエント伯爵は希美香を手放したくなかったが、王都から寄越せと命令されれば、従うしかない。

そんな訳で、希美香にも直《ただ》ちに王都行きが伝えられたのだった。

第四章　彷徨《さまよ》い人《びと》は空より来《きた》る

裏庭菜園で果物を作った結果、急遽《きゅうきょ》王都に召致《しょうち》される事になった希美香。王都までは馬車で行くらしい。バタバタと旅の準備が進められる中、私物を早々に纏《まと》めた希美香は、一人エンデント魔導具店を訪れていた。

「この紹介状を持っていくと良い」

「ありがと～」

エンデント爺さんが『王都に居る知人』宛に紹介状を書いてくれた。これで王都でも世界転移に関する情報や、要《い》り用の魔導具があれば都合してもらえる。

「それにしても急な話じゃな」

「うん、何だか『作っちゃいけないモノを作っちゃったせい』みたい」

「ほほっ、やはり作物の育成に成功した事が、王都には余程《よほど》衝撃だったのじゃなぁ」

王都のお偉いさん方の思惑を面白そうに推察するエンデント爺さんに、希美香は笑い事じゃないんだよなぁと溜め息を吐《つ》いた。


市場から戻ると、領主の館の敷地内では馬車への荷物の積み込みが始まっていた。明日の朝にでも出発できるという。彷徨《さまよ》い人《びと》である希美香の王都行きには、世話係のユニも特別に同行が許されていた。

夕食の時間、離れの食堂にて向かい合うユニと希美香。

「ようやくここでの生活にも慣れてきたところだったのにねー」

他の使用人達の中にも、少し話したり出来る相手がいただけに、急なお別れになって残念だ。ぼやく希美香に、ユニが訊《たず》ねる。

「キミカ様が向こうで暮らす事になるのは、確実なんですか？」

「多分ね。何かそんな感じで準備も進めてるみたいだし」

クルーエント伯爵から通達を受けた時の事を思い出して、希美香は複雑な気分になる。『王都が、君を寄越せと言ってきた』。そう言って苦渋《くじゅう》の表情を浮かべた伯爵達の様子から、どう見ても片道切符としか思えなかった。

「領主さんは、そんなに大事《だいじ》にはならないだろうって言ってたけどね」

野菜を齧《かじ》りながらそう語る希美香は、王都での自分の扱いについておおよその見当を付けていた。畑作りを問題視されたのも事実であろうが、恐らく本命は宝石や鉱石を引き寄せる能力の方ではないかと睨《にら》んでいる。

以前、彷徨《さまよ》い人《びと》は『ババ抜きのジョーカー』のような存在だと推察した事がある。だが、持っていると儲《もう》かるジョーカーだったなら、積極的に引き抜きたいと思うはず。

「つまり、畑作りを問題視したのは、キミカ様を王都に召致《しょうち》するための口実……という事ですか？」

「その線もあり得るかもって思ってるだけ。実際はエンデントさんが言ってたみたいに、本当に畑作りが理由かもしれないし、別の意図があるのかもしれない」

「な、なるほどー」

物事の裏を推し測ろうとする希美香の言葉に、ユニが真剣な表情で頷《うなず》いた。そこまで素直に感心されると、それはそれでちょっと恥ずかしくなる希美香なのであった。

その夜。出発を明日に控え、王都行きのメンバーが領主の館に集まり顔合わせをした。希美香とユニ、彼等を乗せる馬車の御者《ぎょしゃ》二人に、護衛の兵士六人と、雑用係二人。総勢十二人での旅となる。

希美香は、物々しく武装した護衛の兵士を見て『本格的だな～』とか『大所帯だなー』などと考えていたが、ユニが戸惑いの表情を浮かべながらクルーエント伯爵に問い掛けた。

「あの、領主様、護衛の方はこれだけなのですか？」

護衛が少ないのではないかと指摘するユニに、隣で希美香が「え？」と驚く。

「完全武装した大きい人が六人も居て、威圧感凄いのに……」

「いいえ、キミカ様。王都に呼ばれた要人の警護に、この人数は少な過ぎます」

街の外では野盗の集団も出るし、危険な動物も徘徊《はいかい》している。休憩や野営の時も含め、王都までの道中は常に警戒を怠《おこた》らないようにする必要があった。確実な安全を図るなら、最低でも十人は欲しいとユニは訴える。

クルーエント伯爵は、ユニの訴えを「もっともな意見だ」と評価しつつも、今回は事情があったのだと説明した。

「実は、王都側の意向でな。兵士の人数は極力絞らざるを得なかったのだ」

現在トレクルカーム国は隣国との戦《いくさ》の真っ最中であり、王都には前線に送り込まれる兵士達と、彼等が所属する各街の領主達が集まっている。そこへ戦《いくさ》に参加していない街の兵士が入れば、色々とトラブルを招きかねないというのだ。

特に、このカンバスタの街は採掘で王都の財政を支えているので、荒事全般が免除されている。それを快《こころよ》く思っていない勢力から疎《うと》まれていたりもするため、面倒事を回避する意味でも、なるべく目立たないようにしろと言われたらしい。

「え、そうだったの？」

今は戦時下だと聞いてさらに驚く希美香。この街は王都から遠い事もあって、戦火が及んでいない。その分、多めの年貢《ねんぐ》を求められているのだとか。

「そうだったのか～……」

そんな時期に王都に呼ばれて大丈夫なのだろうかと、少し心配になる希美香であった。


そうして迎えた翌日の早朝。特に盛大な見送りがあるでもなく、馬車隊は静かにカンバスタの街を出発した。クルーエント伯爵の話では、ユニが気にしていた道中の危険に関しては恐らく心配しなくても大丈夫との事だった。

根拠は、今が戦時下にあるから。王都の周辺を護《まも》る軍閥《ぐんばつ》系領主の部隊が、敵兵の侵入に備えて常に哨戒《しょうかい》しているはずなので、野盗の集団などうろついていれば、見つけ次第討伐される。

旅人に偽装した追い剥《お は》ぎが居たとしても、完全武装した護衛付きの馬車を襲うような命知らずはそうは居まい。稀《まれ》に街道付近に現れる猛獣などには、護衛の兵士六人で十分に対処可能だ。

「――って事だったけど、大丈夫かなー」

「領主様がそこまで熟考なさった上での編成なのでしたら、きっと問題無いのでしょう」

ユニは「少し心配し過ぎたかもしれません」と苦笑を浮かべた。

お昼頃に一度休憩を挟みつつ、馬車隊は順調に街道を進んでいく。通常の馬車よりも少し大型でバネ付きの高級仕様な旅馬車は、予想以上に揺れが少なく快適だ。

「酔うのを覚悟してたけど、これなら大丈夫そう」

「今日は日暮れまでこのまま進んで、森の手前で野営するそうですよ」

「野営かぁ～」

希美香は、野宿をするのは初めてだった。最初に転移してきた山奥ではすぐにラグマンと出会い、麓《ふもと》のカンバスタの街まで案内されたので、街の外の景色をじっくり見る機会もなかったのだ。

「この辺りは平原ばっかりだけど、どこまでも続く緑の大地っていいよね」

「キミカ様が住んでいたのは、大きな都だったそうですね」

「うん、見渡す限り建物ばっかりだったよ」

ユニとそんな話をしながら馬車に揺られる希美香は、地平線まで続く大草原と遠くに見える森の影に目を細めた。


夜。予定通り森の手前まで進んだ一行は、馬車の傍《そば》にテントを設けて野営に入る。安全を考慮して馬車の中で寝起きするのも手だが、夜は結構冷え込むらしい。

車中にいては焚き火で暖《だん》を取る事も出来ない。よって護衛隊が交代で見張りに就《つ》く中、希美香とユニは同じテントで、それぞれ毛布に包《くる》まり丸くなる。

「ユニ、もっとこっちおいで。隙間《すきま》埋めないと寒いよ」

「は、はい」

毛布に包《くる》まったまま、もそもそと寄ってくる姿が可愛くて思わず微笑む希美香。カンバスタの街では、寝床は当然別だったので、一緒に寝るのはこれが初めてだ。

（かわいい弟みたいでいいなぁ）

普段は大人びた雰囲気さえ感じるしっかり者だけに、こういう時に見られる歳相応の素直な表情や反応にはホッとしてしまう。

「おやすみ、ユニ」

「おやすみなさい、キミカ様」

ユニに癒《いや》された希美香は、焚き火の灯りに照らされながら眠りについた。

翌日。早朝から出発して森を抜けた一行は、王都まであと少しのところまで迫っていた。現在登っている小高い丘を越えれば、王都の特徴的な防壁『宝城壁《ほうじょうへき》』が見えてくるという。

王都ハルージケープは、トレクルカーム国領内のほぼ中央に位置する城塞《じょうさい》都市だ。十六の塔に囲まれ、それぞれを繋ぐ強固な防壁に護《まも》られた王都は、十六角形の宝石を象《かたど》っているとも謂《い》われている。

宝城壁はその名の通り、宝石が多く含まれた石材を使用していて、防御魔法が掛けられているので非常に防御力が高く、艶《つや》のある青色をしているという。

通常攻撃にも魔法攻撃にも強い防壁だが、その見た目の美しさもあってか、記念に削っていこうとする人がいる。故《ゆえ》に、王都の住人は元より観光客も近付く事は禁止されているそうな。

車窓《しゃそう》から道の先を覗《うかが》うと、長閑《のどか》な風景が広がっていた。柔らかな陽光に照らされた街道脇の草木が、丘の上からの風に吹かれて揺れている。空を見上げれば、小さな千切れ雲がゆっくりと流れ、透き通るような青と水色のグラデーションになっていた。

広大な異界の空をぼんやり見上げていた希美香は、馬車が走る音に交じって遠くから何か響いてくるのを感じ取る。

「ねえ、何か聞こえない？」

「どうかしましたか？　キミカ様」

隣の席で不思議そうに小首を傾げるユニに、希美香は人々の叫ぶ声や、花火のような音が聞こえると訴えた。ユニも反対側の車窓《しゃそう》から顔を出し、確かに聞こえると同意する。前を行く護衛隊の馬車でも、兵士達が周囲を警戒し始め、荷台に立って丘の先を気にする様子が覗《うかが》えた。

やがて丘を登りきると、遥か前方に王都の宝城壁が見えた。青色をした高い壁に囲まれている王都は、この場所からだと全景が見渡せる。

故《ゆえ》に、異変にもすぐに気付いた。

「煙が上がってる？」

「軍の部隊がいくつか見えますね……演習でもしてるんでしょうか」

前線に向かう部隊の編成や訓練を行《おこな》っているのかもしれないとユニは推測するが、それにしては様子がおかしいと感じる希美香。時折大砲のような音が鳴り響き、宝城壁の一部に黒煙《こくえん》が広がる。どう見ても防壁を撃っているようにしか見えない。

「いくら丈夫だからって、訓練で壁撃ちとかするもんなの？」

「うーん」

まさかこんな場所で戦闘が起きているとは思えないし……と唸《うな》るユニ。もし王都が危険な状態にあるなら、引き返す事も考えなくてはならない。だが、その場合は水や食糧、焚き火の燃料などが途中で尽きるだろう。

そんな話をしていた矢先、突如馬車が速度を上げ始めた。

「わわっ」

「キミカ様！」

バランスを崩して座席に転がる希美香と、それを咄嗟《とっさ》に支えるユニ。激しく揺れる車内で抱き合うようにして体勢を立て直した二人は、何事かと窓を覗き込む。

すると、馬車の周囲を並走する騎兵らしき姿が見えた。弓やボウガン、盾などで武装している。

彼等に向かって護衛隊の馬車から矢が射掛けられていた。

「あれは……っ　ドルメアの旗印《はたじるし》！」

「ドルメア？」

並走する武装集団の姿を確認したユニは、希美香に姿勢を低くするよう促《うなが》して座席の下に庇《かば》いながら『ドルメア』について語る。

「トレクルカーム国に敵対している勢力の一つですよ。傭兵《ようへい》国家と謂《い》われる戦闘集団です」

ドルメアは明確な領土を持たず、傭兵王《ようへいおう》バスケードが指揮する中枢軍《ちゅうすうぐん》を中心に行動する。攻略した街に部隊の一部を残し、その部隊が街を支配する形で勢力を拡大しているという。

彼等は基本的に街の運営をそのまま住人に任せる。略奪もほとんど行《おこな》わず、敵対国の将軍や支配者階級の者しか殺傷しないので、平民や無所属の貴族からは割と受け入れられ易いらしい。

「王都に直接攻撃するなんて……北の砦《とりで》が破られたのかも」

ユニが緊迫した口調で呟《つぶや》く。希美香は地理や戦況についてはよく分からなかったが、今現在、非常に危険な状況にある事は理解した。

床に伏せたまま外の様子に耳を傾けていると、下り坂に合わせて斜めになっていた車体が地面と並行になった。どうやら丘を下りきって平地に入ったらしい。

速度を出しているので相変わらず揺れが酷《ひど》いが、先程まで並走していた馬の蹄《ひづめ》の音は聞こえなくなった。そっと身体を起こした希美香は、後部の車窓《しゃそう》を覗き込む。

「あの人達、離れていってるね」

「彼等は斥候《せっこう》を兼ねた遊撃《ゆうげき》部隊でしょう。多分、ボク達を丘から追い立てたんだと思います」

王都周辺の全景を見渡せる丘に、敵対国側の馬車隊を放置しておけるはずもないという訳だ。これで引き返すのは無理になった。

戦闘は王都の北側で起きているが、南側にも移動中の敵部隊が見える。このまま進むと彼等と鉢合わせして、戦闘に巻き込まれる危険性がある。しかし、辺り一面は広大な平地で、逃げる場所も隠れる場所も無い。

護衛隊の馬車が希美香達の旅馬車に寄せてきて、互いの御者《ぎょしゃ》と兵士達が対策を話し合っている。

「裏門に回り込むのは無理だ！」

「イチかバチか、正面の門に逃げ込むしかない！」

「奴ら、素直に通してくれるかな」

「どうだろうな。何にせよ、護衛対象を無事に送り届ける事が我々の任務だ！」

そんなやり取りを交わした後、再び先頭に立って全速力で駆ける護衛隊。その馬車に続いて、旅馬車も速度を上げていく。

希美香とユニは車内で姿勢を低くして、座席と壁に足を踏ん張っていた。

「野営の時に使った毛布があれば、もうちょい衝撃吸収できたのに！」

「今は外の荷台に積んでますからねっ」

この状況では取り出せない。猛烈に揺れる車内で耐えているうち、次第に大砲の音と戦士の咆哮《ほうこう》が近付いてきた。すぐ近くで戦闘が起きているのを実感する。

無事に通り抜けられるように祈っていた希美香の頭上で、ガラスの割れる音がして、何かが車内に飛び込んできた。見るとそれは、先端に火の点いた矢だった。

流れ矢なのか狙ったものなのか、窓を突き破った火矢は車室の壁に刺さっている。

「わちゃちゃちゃちゃっ！」

「うわわっ！　キ、キミカ様っ、危ないです！」

このままでは馬車が燃えてしまう。咄嗟《とっさ》にそう判断した希美香は、素手で火矢を掴《つか》んで引き抜くと、反対側の窓から投げ捨てた。

割れた窓を見やれば、王都の兵士と戦うドルメアの部隊から、少数の騎兵がこちらに向かってくる様子が覗《うかが》えた。

宝城壁を護《まも》る兵士達は、こちらをカンバスタから来た一行だと認識しているらしく、城壁の上から敵の騎兵部隊に射掛けるなどして援護してくれている。

「急げー！」

「もう門を閉じるぞ！　走れ！」

半分閉じかけている城壁門から、門番の兵士達が手を振って呼び掛けてくる。後もう少しで城壁門に辿《たど》り着ける――そう思った次の瞬間、前方を走っていた護衛隊の馬車の荷台部分が吹き飛んだ。大砲の直撃を受けたらしい。

「な……っ!?」

「キミカ様！」

大きくバランスを崩して横転する護衛隊の馬車。希美香達の旅馬車はそれを避けようとするも、全力走行だった事が災《わざわ》いして間に合わず、巻き込まれて横倒しになった。

二台とも横転して大破する様《さま》を見届けた門番の兵士達は「なんてこった！」と頭を抱え、城壁門を閉じてしまう。

敵軍の騎兵部隊はすぐそこまで迫っている。もう救援を出す余裕もなかった。

「うう……」

投げ出された地面で呻《うめ》きながら目を覚ます希美香。馬車の中が回転式の乾燥機みたいになったところまでは覚えている。意識が飛んでいたのは僅《わず》かな時間だったらしく、宝城壁付近での戦闘音が響く中、留め具が外れて逃げていく馬の後ろ姿が見えた。

(ああ……馬さん逃げちゃったよ)

身体を起こして自分の状態を確かめる。幸い、どこにも大きな怪我は無いようだ。馬車の残骸《ざんがい》が散乱する周囲を見渡すと、壊れた車体の傍《そば》に倒れているユニを見つけた。

「ユニ!」

すぐさま駆け寄り、ユニに被さっていた車室の天井部分をどかす。

「結構重い……っ」

よいしょと残骸《ざんがい》を脇に投げ捨てると、ユニも気が付いたようだ。

「あ……キミカ様」

「ユニ、大丈夫?」

「な、何とか——痛っ」

身体を起こそうとしたユニは、痛みに呻《うめ》いて崩れ落ちた。見れば片脚の太もも内側が裂けており、かなり出血している。

「止血しないと」

「だ、大丈夫です、自分で——」

「大丈夫じゃない! いいから手をどけるっ」

「は、はい」

太もも付近に触れられるのを恥ずかしがるユニだったが、今は非常事態。有無《うむ》を言わさぬ希美香の迫力に気圧《けお》され、素直に治療を受け入れる。

破片など刺さっていないか手早く調べた希美香は、残骸《ざんがい》に交じって散らばった荷物から綺麗な布を引っ張り出すと、応急処置を施《ほどこ》した。骨折はしていないようだが、立ち上がるのは無理そうだ。

「他の人達は――」

怪我の処置を済ませた希美香が、改めて周囲の様子を見渡すと、残骸《ざんがい》と土煙の向こうから何人かの人が集まってきた。御者《ぎょしゃ》と雑用係に、護衛隊の兵士達。皆それぞれ足を引き摺《ず》っていたり、肩を借りていたりと満身創痍《まんしんそうい》だが、隊長と二人ほどの兵士は無傷のようだ。

希美香がユニを介抱している間、彼等も生存者を救助して回っていたらしい。今、希美香が居る場所は、横転した馬車が絡まってバリケードのようになっている。なので一旦ここに避難して態勢を立て直そうと考えたようだ。

ドルメアの騎兵部隊はまだ、こちらに向かってきている。最悪の事態が脳裏《のうり》を過《よぎ》るも、ひとまず怪我人の介抱を優先する。

「残りの人は？」

希美香が訊《たず》ねると、護衛隊の隊長は首を横に振った。護衛隊の馬車に乗っていた御者《ぎょしゃ》と雑用係は、横転した時に身体を強く打って駄目だったらしい。ここに居ない兵士達も、荷台を大砲に撃ち抜かれた時に巻き込まれたという。

「……」

親しいと言えるほどの相手では無かったが、カンバスタの街からここまで一緒に旅してきた仲間が永遠に帰らぬ人となってしまった事には、やはりショックを受ける。しかし、状況は悲嘆《ひたん》に暮れる時間も与えてくれない。

「敵騎兵、多数接近！」

残骸《ざんがい》の隙間《すきま》からドルメアの動きを見張っていた護衛兵士が警告を発する。隊長をはじめ、まだ戦える者達が武器を取って立ち上がった。

「円陣を組め！　キミカ殿を護《まも》りつつ城壁門を目指す！」

ここからではまだ距離があるものの、城壁の上からの援護射撃はギリギリ届いている。城壁門に近づけば、それだけ味方の援護も厚くなって、助かる見込みも高くなる。護衛隊の隊長は部下達をそう鼓舞《こぶ》すると、希美香に移動を促《うなが》した。

「さあ、キミカ殿は陣の中へ」

「でも……ユニがまだ歩けないよ」

肩を貸せば立つ事くらいは出来そうだが、歩かせるのは無理だ。背負えば何とかなるだろうかと、負《お》ぶい紐《ひも》になりそうな物を探す希美香を、隊長が諭《さと》す。

「貴女の安全が第一です。彼の事は諦《あきら》めなさい」

「そんな！」

ユニを置いていくよう促《うなが》す隊長に、希美香は反発した。しかし、ユニ自身からも説得される。

「ボ、ボクは、大丈夫ですから……きっと夜には、静かになるでしょうし」

戦闘が終わるまでここに隠れていれば大丈夫と言うが、無理しているのは一目瞭然《いちもくりょうぜん》だ。それに、脚の傷は出血が酷《ひど》いので、早くきちんとした治療を受けなければ手遅れになる。

「ユニ……」

無力感から身体の力が抜ける。ぺたりと座り込んでしまった希美香に、さらなる無情な現実が迫る。

「騎兵がこちらに進路を変えたっ、来ます！」

「ちぃっ、王都攻め前の景気付けか」

最初の攻撃は、たまたま進行方向を通過中だった敵国所属の馬車隊を攻撃した様子だったが、今は明確にこちらを狙ってきている。宝城壁を防衛している兵士達への当てつけに、ひき潰して見せる気らしいと、隊長が推察した。

ちょっかいを出してくる程度であれば、護衛対象を護《まも》りながら移動するくらいは出来たが、殺意をもって潰しに掛かってくる騎兵を相手に、通常装備の歩兵では太刀打ちできない。

「幸いキミカ殿は、貴族ではない。王都に喚《よ》ばれた平民の彷徨《さまよ》い人《びと》だと助命を請《こ》えば、あるいは……」

人質として身柄は拘束されるかもしれないが、ドルメアの将校なら無闇《むやみ》に手に掛ける事はしないはずだと、希美香の命を護《まも》るための作戦を考える隊長。

「奴らに戦果としてキミカ殿の身柄を確保させるためには、我々がここで討ち死にする覚悟が必要だ」

玉砕《ぎょくさい》を匂わせる隊長の言葉に、部下達も表情を引き締める。重傷を負ったユニの前に座り込んでいる希美香は、護衛兵士達のそんなやり取りを、遠くなりそうな意識で呆然と見上げる。

（みんな、死んじゃう……？）

いっそこのまま気を失ってしまおうかと、現実逃避《とうひ》しかける希美香。その視線の先、残骸《ざんがい》バリケードの向こうに見える宝城壁の上空を、数羽の鳥が渡っていく姿が見えた。

（あんな風に、飛んでいければいいのに……）

宝城壁を越えていく鳥達を、ぼんやり見上げる希美香の脳裏《のうり》に浮かぶのは、ゲームやアニメなどに見られるファンタジックなシーン。だが人が空を飛ぶには、飛行機や気球のような乗り物が必要だ。魔法が出てくる物語では、魔法で空を飛んだりもしている。

空飛ぶ箒《ほうき》、空飛ぶ車、空飛ぶ船。巨大な大地が宙に浮かんでいるようなシーンもあった。希美香がそんなイメージを浮かべた瞬間――地面が揺れた。

「っ⁉」

「なんだ！」

「地揺れか？」

すぐ目前まで迫っていた騎兵部隊が、急停止を掛けて後退を始める。

「やばい！　止まれ！」

「戻れ！　全軍後退、後退だ！」

土煙と共に地響きを上げて地面がせり上がる。彼等の正面に突然壁が生えたように見えたのだが、それは違っていた。

「おい、何だありゃあ！」

「まじかよ……」

彼等の頭上を越えた高さに浮かぶ、巨大な岩の塊《かたまり》。希美香を中心に、半径五メートルほどの大地が浮き上がっていた。宝城壁の防衛部隊、ドルメアの攻撃部隊、その両軍が呆気《あっけ》にとられて空飛ぶ浮島に釘付けとなり、戦場にしばしの静寂が訪れる。

どんどん上昇していく浮島。その底部は宝石のような透明感のある何かで覆《おお》われ、仄《ほの》かに発光している。

やがて宝城壁を越える高さにまで昇った浮島は、希美香達を乗せたまま、悠々と王都内へと下りていくのだった。

第五章　王都ハルージケープ

浮遊する宝石の島で宝城壁を飛び越えるという、いささか派手な王都入りを果たしてしまったが、どうにか目的地には辿《たど》り着けたようだ。

浮島がほぼ地面に着いたところで、王都の兵士達が集まってくる。

「助かったの……？」

何がどうなったのか、理解が追い付かない希美香は、現状把握に手こずりつつも、何とか危機を脱せた事に安堵した――と思いきや、何やら周囲の様子がおかしい。

城壁門から希美香達一行を見ていた門番の兵士達は救援に駆け付けてくれたのだが、城壁内で待機していて外の様子を見ていなかった兵士達は、敵が城壁を越えて乗り込んできたのかと警戒している。

こちらに剣や槍《やり》を向けて今にも襲い掛かってきそうな兵士達を、門番の兵士達が止めに入るなど、現場はまさに大混乱状態。

「何故止めるんだ！　早く排除しないと！」

「待てって！　彼等は敵じゃない！」

そんな怒号が、其処彼処《そこかしこ》から響いてくる。先走った王都の兵士達がいつ制止を振り切って攻撃を仕掛けてくるか分からないので、護衛の兵士達も不測の事態に備えて臨戦態勢を解けずにいた。

危険な状態だが、ユニの怪我を考えると、混乱が収まるのを悠長に待っている暇は無い。そう判断した希美香は、意を決して叫んだ。

「怪我人がいるんです！　早く治療できる施設へ搬送を！」

希美香が大声で呼び掛けるも、興奮状態の兵士達には届かない。そんな混沌《こんとん》とした状況の中、新たな一団が現れた。

ローブ姿の魔術士の集団。彼等は揉み合う兵士達を衝撃波の魔術で『撥《は》ね飛ばしながら』押し寄せると、希美香達のいる浮島の周りに群がった。宙を舞う兵士達から「うわー！」とか「ぎゃー！」などと悲鳴が上がっている。

エンデント爺さんに似た雰囲気の老人からナイスミドルなおじ様まで、様々な魔術士が集まっていた。彼等は浮島に手を翳《かざ》すなどしながら、皆でやいのやいのと解析を始める。

「うおおっ！　どうなっとるんじゃこれ！　半分以上が触媒《しょくばい》宝石で構成されとるぞ！」

「魔力の流れが整い過ぎじゃろ、どういう組み方しとるんじゃ」

「術の編み込みが見当たらんのだが……まさか天然石じゃなかろーな？」

撥《は》ね飛ばされた兵士達から「貴様らどういうつもりだ！」とか抗議が上がっているが、魔術士達はまったく意に介さない。先程までとは別の意味で混沌《こんとん》とした状況に、護衛の兵士達も困惑気味だ。

しばし唖然《あぜん》としていた希美香は、我に返ると彼等に訴えかけた。

「あ、あのっ！　怪我人がいるんです！　重傷なんです！　誰か治癒《ちゆ》の魔法が使える人は……っ」

これだけの魔術士が集まっているなら、治癒術《ちゆじゅつ》が得意な人も居るはず。希美香はユニの怪我を治してもらえるよう必死に懇願《こんがん》した。

しかし、『空飛ぶ宝石の島』に夢中な彼等は誰一人耳を貸さない。辛《かろ》うじて返ってきた言葉が「治癒術《ちゆじゅつ》は疲れるからのう」というものだった。

以前、カンバスタの街の市場で引ったくりに遭《あ》った時、ユニから『魔術士は基本的に偏屈《へんくつ》である』と聞いたが、ここまで人情味が無い人達だとは思わなかった。

スッと表情を消した希美香が、ゆらりと立ち上がる。

「キミカ様……？」

希美香の雰囲気が変わった事を察知したユニが声を掛ける。動けないほどの重傷を負いながらも、心配そうに見上げてくるユニの気遣いを感じた希美香は、優しく微笑んで励ました。

「大丈夫、絶対助けるから」

そう言って馬車の残骸《ざんがい》を見回すと、荷物袋を見つけて中から切り札を取り出した。エンデント爺さんお墨付きの『魔法鉱石の塊《かたまり》』だ。

まるで舞台の上を颯爽《さっそう》と歩くように、魔術士達全員を見渡せる位置までつかつかと歩み出た希美香は、魔法鉱石の塊《かたまり》を掲《かか》げながら宣言した。

「ユニの怪我を完璧に治療した人には、これをあげる」

「んん～？」

「なんじゃ？」

何人かの魔術士が杖の先や手を向けて、希美香が突き出すようにしている鉱物の塊《かたまり》に鑑定の魔力を送る。すると、鉱物全体が赤い輝きに包まれた。その中には青紫の輝きも交じっている。

「……!?」

「っ!?」

その瞬間、魔術士達全員の動きが止まり、彼等の視線が魔法鉱石に釘付けとなった。

赤い輝きは精霊金。青紫の輝きは魔晶石。いずれも一粒見つけるのに大量の黄金《おうごん》や宝石の原石を必要とするなど、相当な資金と労力が掛かる希少鉱石だ。こんな塊《かたまり》で見つかる事は、まず無いと言っていい。

「よし、ワシに任せろ」

逸早《いちはや》くショックから立ち直った魔術士が名乗りを上げる。

「いいや、ワシがやる」

「お前、治癒術《ちゆじゅつ》は下手糞じゃろ！　引っ込んでろっ」

浮島に這《は》い上がろうとする魔術士が他の魔術士に引き摺《ず》り降ろされたりと、醜《みにく》い争いを演じている傍《かたわ》らで、一人の中年魔術士がひらりと舞台に飛び上がった。

「ここは専門家に任せてもらおう」

治癒術《ちゆじゅつ》を専門にしているというその魔術士にユニの怪我を診《み》てもらう。互いに反目し合っていたり揉めたりしていても、誰かが術を行使している時はそれを妨《さまた》げないのが彼等の規律《ルール》らしい。

おかげでユニの脚の怪我は、みるみる治っていった。

浮島に群がる魔術士達に、撥《は》ね飛ばされた兵士達が抗議している。そんな騒ぎの中、敵軍が退《ひ》き始めたという報《しら》せが入り、兵士達の関心はそちらへ向かう。

聞こえてくる会話によれば、先程王都が直接攻撃を受けたのは、ドルメア軍と共闘する他国軍による陽動からの奇襲作戦だったらしい。

希美香の浮遊宝石島を目《ま》の当たりにしたドルメアの将校が『空から一方的に攻撃されかねない』と判断して、作戦の見直しを図ったのだろうとの事だった。

ほどなくして、王都周辺の街からも援軍が到着し、今回の戦闘は終結した。希美香達が巻き込まれたのは、本当に運が悪かったとしか言いようがない。

ともあれ、ユニの怪我を治癒《ちゆ》して『有り得ない在り方をした魔法鉱石の塊《かたまり》』をゲットした中年の魔術士は、上機嫌で帰っていく。浮島の解析も気になるが、魔法鉱石の塊《かたまり》の研究を優先するそうな。

他の魔術士達は、飴玉に群がる蟻《あり》の如《ごと》く浮島に張り付いて解析を行《おこな》っている。そこからあぶれた何人かの魔術士達が、踊りながらスキップで去っていく中年魔術士にわらわら群がっていた。

「ちょっと、ワシにも見せてみ？」

「個人で扱うにはデカ過ぎるじゃろ、手伝いが必要ではないか？」

去っていく魔術士達と、まだ浮島に群がっている魔術士達を見て、希美香は肩を竦《すく》めつつ溜め息を吐《つ》く。しばらくここから動けそうにないが、魔術士達が壁になってくれているので危険はもう無いと思われる。

ほんの僅《わず》かな間に紆余曲折《うよきょくせつ》あったものの、どうにか状況は落ち着いたようだ。希美香達一行の到着が王都の上層部に伝われば、そのうちお迎えが来るだろう。

馬車の残骸《ざんがい》を背もたれにして一息吐《つ》いている希美香に、並んで座るユニがおずおずと話し掛けてくる。

「あの、キミカ様……」

「うん？　どうしたの？」

ユニは、申し訳なさそうな表情を浮かべて言った。

「すみませんでした……ボクのために、あんな高価な物を……」

「ああ、そんな事――」

希美香に貴重な切り札を使わせてしまったとユニは反省するが、まだ袋の中に十本以上も残っているし、そもそもタダで拾った物だから気にしない気にしないと励ます希美香。

「それよりユニの方が大事だよ。怪我が治って良かった」

そう言って微笑む希美香に、ユニはドギマギしてしまう。

単に身を案じてくれているだけであり、それ以上の意味は無いと分かってはいる。しかし、ユニも思春期を迎える一人の男の子なのだ。

「そ、それにしても、これってキミカ様がやったんですよね。凄いですよ！」

ユニは、内心の動揺と妄想を誤魔化《ごまか》すように、空飛ぶ宝石島について言及した。王都に入った後も結構な修羅場が続いたので忘れがちだったが、この宝石で出来た巨大な浮島は、希美香達一行を乗せて宝城壁を飛び越えたのだ。

未《いま》だ群がっている魔術士達の反応を見ても、やはりこの世界の常識から逸脱《いつだつ》した、とんでもない代物《しろもの》なのである。

「うーん、これねぇ。やっぱり私が引き寄せたのかな～？」

周囲の地面ごと空中に浮き上がった時の事を思い出しながら、希美香は唸《うな》る。

自身に宿る不思議能力については、エンデント爺さんのところで色々と検証を行《おこな》った。その時にも、普通の宝石を引き寄せたり、何らかの魔法効果が付与された宝石を引き寄せたりしていた。

とは言え、ここまで巨大な物を引き寄せた事は無い。だが、能力発現の条件は、何かをイメージしながら地面に触れるなどする事。直前まで思い描いていたのが『空を飛んでいけたら』という内容だった事を考えれば、やはり自身に宿る力が働いた結果なのだろう。

ちなみに、空を飛ぶための研究はこの世界でも行《おこな》われており、魔術と色々な発明機械との組み合わせによって、ある程度の飛行が出来るところまでは進んでいるらしい。まだまだ滞空時間が短く、自在に飛べるまでには至っていないそうだが。

「あ、よく考えたら、空飛ぶ宝石島を引き寄せられるんなら、怪我を治す宝石とかも引き寄せられたのかも」

色々テンパっててそこまで思い至らなかったと、自分の不甲斐《ふがい》なさを残念に思う希美香。

その後、浮島の上に残った馬車の残骸《ざんがい》から荷物の回収など行《おこな》いながら、迎えの使者がやってくるまで待機する事になった。

城壁門の兵士達に先程庇《かば》ってくれた事への礼を言ったり、街の外に置いてきた荷物を回収してもらったりして過ごす。今回犠牲になった仲間の遺体も回収され、皆で黙祷《もくとう》も捧《ささ》げる。

こうして希美香達一行にとっては、まさに波乱の王都入りとなったのだった。

迎えの使者によって、希美香がカンバスタの街から喚《よ》ばれた彷徨《さまよ》い人《びと》である事が確認される。王都側が用意した馬車にて、当面の宿泊先となる高給宿へと案内された。

ここで数日滞在した後、王宮にて国王に謁見《えっけん》する事が決まっている。

ちなみに、宿泊費用は王宮持ちだ。外国からの賓客《ひんきゃく》も迎える高級宿だけに、まるで宮殿のような大きさと豪華さを備えた立派な建物である。

玄関前で馬車を降りると、希美香とユニは賓客《ひんきゃく》用の客室へ通された。護衛の兵士や御者《ぎょしゃ》達は、従者向けの別館へ向かう。

高級宿の中は、内装もかなり豪華だった。玄関から入って左右に大きな階段があり、天井には巨大なシャンデリアと、ステンドグラスのような装飾窓が見える。

玄関ホールから続く中央エントランスの広さに、希美香は感嘆の声を漏らした。

「うわー……これって、領主さんの館より豪華じゃない？」

「確かに……うちの領主様はあまり派手なのを好まれませんからね」

「ああ、それはあるかも」

貴族御用達《ごようたし》の高給宿の豪華さに、しばし圧倒される二人。カンバスタのクルーエント伯爵は割と質素好みなので、調度品も控えめな物が多かったと語るユニに、希美香も同意する。

「では、こちらへどうぞ」

「あ、はい」

執事っぽい制服でビシッと決めている宿の人に先導されて、中央エントランスの左右から弧を描くように二階へと延びる大きな階段を上《のぼ》っていく。

二階部分にも広い空間が広がっており、奥に進むとテーブルがいくつか並んでいた。それぞれのテーブルには、控えめなキャンドルが灯《とも》っている。ここで軽い飲み物など嗜《たしな》みつつ、談笑したり寛《くつろ》いだりするようだ。

キャンドルを見て何となく気になった希美香が呟《つぶや》く。

「鉱石ランプじゃないんだね」

「こういう場では鉱石ランプよりも、火を使った灯りの方が好まれるんですよ」

ユニの解説によれば、雰囲気を重視する高級な場では、天然の炎を灯《とも》すキャンドルなどがよく使われるらしい。

「なるほど、高級感か」

そう頷《うなず》いた希美香は、ホテルのレストランなどでも、テーブルの照明がＬＥＤライトだと高級感が薄れるかもと納得する。あれも高度な科学技術の結晶ではあるのだが、一般にまで普及すると『安っぽく』なってしまうのかもしれない。

少し薄暗い二階の憩《いこ》いの場には、宿泊客らしき人影がちらほら見える。みんなドレスや派手な貴族服を纏《まと》っており、いかにも『金持ちっぽい』雰囲気を醸《かも》し出していた。

「……なんか、浮いてる気がする」

希美香は、今さらながら自分の恰好が気になった。

こちらに飛ばされてきた時に着ていた青のパーカーに、紺のひざ丈ハーフパンツという出で立ちだ。フリルや刺繍《ししゅう》などの装飾は皆無《かいむ》。

動き易さを重視した地球世界のカジュアルなファッションは、こちらの世界では一般民の中でも、最下層の人間が着る衣服のように見えるらしい。それなのにやたらと色鮮やかで、生地も良さそうな上に仕立てもしっかりしているから、何ともアンバランスで奇妙な姿と認識されていた。

陰口を言われる事こそ無かったが、他の宿泊客から向けられる視線には、訝《いぶか》しむようなモノが多かった。

「こ、この恰好でお城に行くのはまずいかな……？」

「大丈夫ですよキミカ様。お城の使用人がちゃんとキミカ様に似合うドレスを貸してくれます」

お城に呼ばれるまでの間に、無難なドレスを用意すべきかと考える希美香に、ユニがそう言ってフォローした。


王宮から迎えが来るまでは、宿で旅の疲れを癒《いや》したり、色々と準備をしたりと、自由に過ごす事が出来る。

希美香は一日のほとんどを宿の部屋で過ごしていたが、時々宿内のエントランスを出歩いては、他の宿泊客達に自分の存在を印象付けていた。

舞踏会や晩餐会《ばんさんかい》のような場に比べると控えめながら、華美な衣装を纏《まと》った貴族の紳士淑女《しゅくじょ》が多い。そんな中で異世界のカジュアルファッションを身に付けた希美香は、ただうろついているだけで目立つ。主に『場違い』的な意味でだが……

「認知度が上がれば浮かないわよね」

「でも、結構諸刃《もろは》の剣ですよね、それ」

味方を作るまではいかずとも、『カンバスタの街から来た彷徨《さまよ》い人《びと》』である事が広く認知されれば、多少変でも『ああいうモノ』として王都民にも認められるはずだという発想。

最初は宿でもドレスを着ようと思ったのだが、既に諦《あきら》めていた。宿の使用人さんに頼んで適当に見繕《みつくろ》ってもらったドレスを着た初日に、部屋の何もないところで三回も転び、ひらひらやスカートを引っ掛けて破ったり、備品を落として壊したりしたのだ。

希美香は特別どんくさいという訳ではないが、やはり合う合わないはある。ヒラヒラの服はどうしても合わないようであった。

第六章　謁見《えっけん》

そんなこんなで、王都入りして四日目。ついに王宮に呼ばれる日がやってきた。数日ぶりに顔を合わせた護衛の兵士や、御者《ぎょしゃ》達と共に王宮へと向かう。

先導する王都の衛兵に、希美香を乗せた馬車隊が続く。王宮の敷地内までは、護衛の兵士が希美香を警護してくれた。

「それじゃあ、行ってきます」

「お気をつけて!」

王宮の玄関前で馬車を降りた希美香とユニは、護衛の兵士に声を掛けて大きな扉を潜《くぐ》った。ここからは衛兵に警護してもらいながら、王宮の執事に謁見《えっけん》の間まで案内される。

控え室には希美香達の他にも何人かの謁見《えっけん》者が居て、順番待ちをしているようだった。

「こちらです」

「あ、はい」

希美香は自分達も順番待ちをするのかと思っていたが、今日は最初の謁見《えっけん》者として招かれているらしく、控え室を素通りして謁見《えっけん》の間の入り口まで誘導された。

その途中、執事からいくつか簡単な注意事項を教わる。王の前で刃物を抜いてはいけないとか、唾《つば》を吐いてはいけないなどの常識的なマナーがほとんどだ。

重厚な扉の向こうからは、複数人の談笑しているような声が聞こえてくる。

「ううう……緊張してきた」

「大丈夫です、キミカ様」

後ろに控えているユニが、傍《そば》に来てそっと手を握り、励ましてくれた。

とりあえず、執事の人からは『聞かれた事に答えるだけで良い』と言われているので、プチ菜園について問われたら『この国の方針に逆らう意図はありません』と答えるつもりだ。

「し、しつれいしま〜す……」

緊張の面持《おもも》ちで開かれた扉を潜《くぐ》ると——目の前に着ぐるみでコスプレしているような小さいおっさんが現れた。

「ふぇっ!?」

「おひょっ！」

驚いて飛《の》び退く希美香と、同じポーズを取って見せる小さいおっさん。全身タイツみたいな恰好で頭に角《つの》か触角《しょっかく》のようなものを生やしている。

（あ、この人『道化師《どうけし》』だ）

「失礼、マダム。これはこの国が彷徨《さまよ》い人《びと》を迎える際の、伝統的な挨拶《あいさつ》でして。おひょっおひょっ」

そんな事を言いながら、コミカルな動きで離れていく。ユーモラスな見た目や言動だけでなく、実は知的で切れ者な面も併《あわ》せ持つ宮廷道化師。

彼等は時に、王や側近達が立場上口に出来ない事を皮肉によって代弁するなど、博識で聡明な者でなければ務まらない。

「凄いっ、本物の道化師って初めて見た」

すっかりリラックスさせられた希美香は、落ち着いた気分で謁見《えっけん》の間を見回す。

広々とした空間が奥まで続く長方形のホール。左右には石の柱が等間隔に並んでいて、それぞれ一定の高さに明かりが灯《とも》っていた。石柱の奥は薄暗いが、壁にいくつかの扉が見える。

柱の上には二階の通路がバルコニーのように突き出ていて、そこからトレクルカーム国の紋章が入った大きな垂れ幕が下げられていた。

ホールの最奥の数段高くなった壇には立派な玉座と、王様らしき人物。玉座のすぐ傍《そば》にはソファも並んでおり、お姫様みたいな少女が姿勢を崩して座っている。

壇の付近には側近達と思《おぼ》しき、貴族風の衣装を身に纏《まと》った十数人の男性方が集《つど》う。奥の天井は光を取り入れる構造になっているらしく、玉座の周囲が外から射《さ》し込んだ光に包まれていた。

床は一面絨毯《じゅうたん》で覆《おお》われているので、重厚な石造りのホールでありながらも、冷たい感じはしない。

(よし、行こう)

希美香が玉座に向かって歩き出すと、貴族達が談笑をやめて注目する。周囲をよく見てみれば、石柱の陰になった場所にも大勢の人影があった。

案内の執事から聞いた情報では、王の近くに居る人達は大きな街の領主や、王都に住む上級貴族で、軍閥《ぐんばつ》系の要人も多いとの事だった。

希美香は『クルーエント伯爵が言っていた、カンバスタの事を快《こころよ》く思ってない人達かな？』などと考えつつ、石柱の数を数えて所定の位置で足を止める。

(ここで膝《ひざ》をついて頭を下げる、っと)

すぐ後ろにユニが控えているので心強い。『彷徨《さまよ》い人《びと》』という身分を斟酌《しんしゃく》されるので、最低限の作法さえ守っていれば大丈夫だと教わった。

さわさわと、何人かの囁《ささや》き合うような声が聞こえる。希美香から見て玉座の右側にいる人達かなと当たりを付けていると、その中心人物らしき壮年男性の声が室内に響いた。

「何か手土産《てみやげ》でも持ってくるかと思ったが、まさか手ぶらとは」

呆れるような口調と仕草で厭味《いやみ》を言う男性。玉座に一番近い場所に陣取る彼は、トレクルカーム国内でも最大規模の街、パルスカムの領主であった。

希美香が『どう返せばいいのかな？』などと考えていると、後ろに控えていたユニがおもむろに立ち上がる。

「畏《おそ》れながら申し上げます」

（ユニ？）

世話係としての権限を逸脱《いつだつ》するかしないかギリギリのところで精一杯の反論を試《こころ》みるユニ。

希美香は本人の意思とは関係なくこの世界に飛ばされてきた事、今回王都に喚《よ》ばれたのも突然の召致《しょうち》だった事、さらには王都入りの際に戦闘に巻き込まれるなどした事を挙げ、これだけ多くの不条理や被害に見舞われた希美香に献上品を求めるのは、筋違いであると訴えた。しかし――

「何だ貴様は、発言を許可した覚えはないぞ」

使用人風情《ふぜい》が何を勝手に意見してるんだと叱責される。他の貴族達からも嘲《あざけ》るような視線を向けられ、赤くなって俯《うつむ》いたユニは「申し訳ありません」と呟《つぶや》いた。

「カンバスタのクルーエント伯にも抗議しておかねばな。使用人の躾《しつけ》が出来ておらんようだ」

と、件《くだん》の男性からはさらに厭味《いやみ》が聞こえてくる。自分に向けられた言葉に対しては特に何も思わなかった希美香だが、ユニに向けられた厭味《いやみ》や周囲の嘲《あざけ》りにはカチンと来た。

何か言ってやろうかと顔を上げたその時、黙って成り行きを眺めていた王様が口を開く。

「まあまあ、クァイエン伯もそのくらいにしておいてやれ」

「おお、寛大なる我が王よ。貴方の慈愛が卑《いや》しき輩《やから》を増長させるのではないかと心配ですぞ」

何とも芝居掛かった仰々《ぎょうぎょう》しい言い回しで、さり気なくこちらを貶《おとし》めるクァイエン伯爵に、希美香はうんざりした気分になった。王様は穏やかな人柄を感じさせるが、何だか頼りなさそうにも見える。

厭味《いやみ》伯爵に文句を言うタイミングも逃してしまい、気持ちを燻《くすぶ》らせる希美香。そこへ道化師がひょいと現れた。

「して、カンバスタからいらした彷徨《さまよ》い人《びと》殿の手土産《てみやげ》は何ですかな？」

などとまぜっかえし、クァイエン伯爵の身振り手振りをモノマネしながら茶化して笑いを誘う。

ほっほっほっと、玉座周りの大貴族達の他、石柱の陰にいる大勢の貴族達からも上品な笑い声が起きた。

状況が見事にリセットされ、ユニの一件も無かった事のように流される。なるほどこうしてイザコザを穏便《おんびん》に収めるのかと、希美香は道化師の働きに感心した。

笑いが収まった後、側近らしい初老の男性が希美香の特殊な力について言及する。

「噂では、あらゆる金銀財宝を掘り当てる特技をお持ちだとか」

他の貴族達からは「ほほうー」という関心を持ったようなざわめきが聞こえ、少し困惑顔になったユニが、ちらりと希美香の顔色を覗《うかが》った。

宝城壁を乗り越えた空飛ぶ宝石島や、中年魔術士に渡した魔法鉱石の塊《かたまり》についてなど、ちゃんと伝わっているのかいないのか。希美香の能力に関する彼等の認識にはいささか誤解があるようだ。

とりあえず、このまま黙っていても仕方が無いと、希美香は第一声を放つ。

「特技という訳ではないですが、宝石や貴金属なら大抵の物は用意できますよ」

その発言に対し、石柱の陰に居る人々からは興味深そうな視線を感じたが、玉座周りの大貴族達はさして反応を見せなかった。

王都の上級貴族ともなれば、宝石や貴金属を簡単に用意できると聞いても『それが何か?』くらいにしか思わないようだ。もっとも、希美香の『用意の仕方』を目《ま》の当たりにすれば、反応も少し違ってくるであろうが。

ここで、また道化師が動いた。

「おひょひょっ、それでは吾輩《わがはい》めに一つ、贈り物をして頂けますかな。いやいや、材質はただの精霊金で結構ですので。魔晶石の飾りでも施《ほどこ》した宝冠など頂ければ十分です、ハイ」

まさに贅沢《ぜいたく》の限りを尽くした贈り物の要望と、それを大した物ではないかのように語る言葉のギャップに、貴族達から再び笑いが起きる。

(あ……、この人はちゃんと知ってるんだ)

単なるジョークだと思っている貴族達とは違い、希美香はまたも感心していた。

その時、玉座の隣のソファで退屈そうに姿勢を崩していた、十二歳くらいのお姫様らしき少女が身を乗り出し――

「えーそれなら私、精霊金のティアラが欲しい!」

とか言い出した。いつか魔晶石の飾りが付いた精霊金のティアラを身に付けて、舞踏会に出るのが夢だと語る。

そんな可愛らしい姫君にデレデレな王様と、微笑ましいと称《たた》える貴族達。

この時、希美香は一瞬、王様の表情に動揺が浮かぶのを見た気がしたが、道化師が冗談めかして語った『姫君の所望するティアラの諸費用』を聞いて納得する。『魔晶石を飾った精霊金のティアラ』などという代物《しろもの》を実際に作ろうと思ったら、ほんの一カラットの魔晶石一個付きでも七五〇〇金貨はいくらしい。

王族が身に付ける装飾品にそんな小粒の宝石一個というのはあり得ないので、最低でも十五カラットは欲しい。となると、精霊金の量をデザインでどうにか節約しても、総額で軽く十万金貨は超えそうだ。

ここで、希美香はふと考える。

(これってチャンスかも?)

どうせ能力の事がある程度バレているのなら、保身のための工作として、その有用性をもっとアピールしておくべきか? という思惑。

「ユニ、あの袋出して」

「え? あ……っ、は、はい」

希美香の考えを察したユニは緊張気味に頷《うなず》くと、預かっている荷物の中から魔法鉱石入りの袋を取り出す。

それを受け取った希美香は、どさどさどさーっと中身を絨毯《じゅうたん》にぶちまけた。

「これで足りる?」

突然の行動に何事かとどよめく貴族達。ひょいひょいとコミカルな動きでやってきた道化師が、魔法鉱石の塊《かたまり》を一つ掴《つか》んで王様のもとへ届けた。

王様は「ほほう？」と言いつつ、その赤み掛かった金属棒のような塊《かたまり》を眺める。傍《そば》では姫君が興味津々《きょうみしんしん》な様子で、鉱石の表面に透明な石が複数交じっているのを指摘した。

「誰ぞ鑑定の出来る者は？」

王様の問いに、一人の紳士が「では少し失礼」と受け取って鑑定を始めた。魔力を通す事によって、鉱石が丸ごと光り出す。

「おおう」と周囲にざわめきが起きる中、鑑定している紳士が目を瞠《みは》った。

「こ、これは……精霊金と魔晶石の塊《かたまり》ですぞ！」

精霊金と魔晶石は希少だが、魔力に反応して光るので、魔力鑑定の出来る人になら見つけ易い。だがその技術を持たない人には、精霊金は安価な銅と間違われ、魔晶石は水晶と見分けがつかない。

通常、精霊金は黄金《おうごん》の中に一粒だけ交じっていたり、魔晶石も様々な宝石類の隙間《すきま》などに稀《まれ》にくっついていたりと、一度に採れる量は微々《びび》たるモノなのだ。

驚愕《きょうがく》の表情を浮かべて「こんな量は見た事が無い」と呟《つぶや》いた紳士は、無造作に床に積まれた鉱石の山に目を向け――

「ま、まさか……」

恐る恐る近付いて鉱石の山に魔力を通す。すると、全ての塊《かたまり》が光を放った。唖然《あぜん》としたまま固まる紳士。

『カンバスタから召致《しょうち》されてきた彷徨《さまよ》い人《びと》の少女は、あり得ないほどの財宝を簡単に用意する』

こんな形で、希美香の存在は王都中の貴族達に知れ渡る事となるのだった。

謁見《えっけん》の間での一騒動の後、半日ほどが経った。王宮内の一室で客人待遇のもてなしを受けていた希美香達は、王宮会議室へと呼ばれて、再び王様達と面談する。国王と側近の他、王宮勤めの重役のみが顔を揃《そろ》えていた。

例の厭味《いやみ》伯爵――トレクルカーム国で最大規模を誇る街、パルスカムの領主であるクァイエン伯爵は、部外者扱いになるのでここには居ない。それだけで希美香はほっとする。

そんな希美香に、王様が声を掛けてきた。

「まずは座って楽にするといい。そっちの使用人も同席して構わんぞ」

「あ、はい」

「恐れ入ります……」

背もたれの長い立派な椅子に腰掛ける希美香と、恐縮しながらその隣に落ち着くユニ。

王様によると、最初に希美香が謁見《えっけん》の間に呼ばれたのは『彷徨《さまよ》い人《びと》のお披露目《ひろめ》』的な意味があったらしい。

ある意味、予想以上の効果があったと、王様――トレク・フィリクス王は笑った。

「効果？」

「うむ、まあその話はおいおいするとして……レイント、例の話を」

「はい」

トレクル王が側近に合図すると、レイントと呼ばれた彼が立ち上がって手元の資料を読み上げる。

それは、『実りの大地』以外の場所で農業が可能になる事についての見解だった。

各街が自給自足の体制を整えられるようになると、王都を支える領主連合から離脱したり、独立して敵対国側に付いたりする恐れがあるので、大変困るという。

「実りの大地が我が国の全ての民の生命線であるという建前は、安易に覆《くつがえ》せぬのでな」

「あー……やっぱりその話でしたか」

ぶっちゃけた感じで纏《まと》めたトレク王の一言に、希美香は納得する。プチ菜園の成功を問題視されたか、もしくは自分の能力が目当てかと考えていたのだが、どうやら前者だったらしい。

（建前ってのが何か引っ掛かるけど……）

それよりも王都の生産量だけで、本当に国内全ての街に食糧を供給できるのか。気になった希美香がその事を訊《たず》ねると、『実りの大地』の特性について説明がなされた。

『実りの大地』では作物の育つ速度が異常に速く、通常の十分の一の期間で収穫できるらしい。つまり、種を蒔《ま》いてから収穫まで通常二ヶ月ほど掛かる作物なら、約一週間で収穫できてしまうのだ。

「それって大丈夫なんですか？」

遺伝子操作された作物に関するネガティブなニュースを思い浮かべた希美香は、健康面に問題が無いのか心配になる。だが、もう数十年この体制が続いていると教えられた。

「そっか、なら安心ですね」

希美香としては元の世界に戻る方法を探しつつ、人並みの生活が出来ればいいので、別にこの国の在り方に干渉する気は無い。

「今後は畑作りもやめときます。そもそも、あれはちょっと思い付きでやってみただけですし」

これまで通り、カンバスタの街で適当に鉱石でも掘りながら過ごします、と明言する希美香だったが――

「いいえ、貴女には王都に移住してもらいます」

レイントの言葉に、そうなると予想していた希美香は『やっぱりか』と思う。

そこで会議に同席している王宮の重役達が、おもむろに口を開く。

「貴女が謁見《えっけん》の間で見せたあの魔法鉱石、あれは彷徨《さまよ》い人《びと》の特異な力で掘り出したと聞いている」

「それほどの能力《ちから》を持つ者を、一地方領主のもとになぞ置いておけるはずも無かろう」

実は謁見《えっけん》の後、希美香を引き取りたい、保護したいと申し出る諸侯《しょこう》が多数居たらしい。だが王宮側としては、それを認める訳にはいかなかった。確実に派閥《はばつ》のバランスが崩れると判断して、王都で引き取る事にしたという。

さらに今は有事なので、内輪揉めのような不和を引き起こさせる訳にはいかない。まずは希美香を正式に王都民として迎え、その働きに応じてそれなりの身分を付与した後、どこかの有力家に嫁《とつ》がせる、という段取りで進めているらしい。

「えー……」

そうなればある意味、物凄い玉《たま》の輿《こし》ともいえるのだが、生き方や結婚相手まで勝手に決められては困る。

不自由の無い生活は保障されるとしても、『籠《かご》の中で飼い殺しにされるのか』という気持ちもあって、微妙な気分になる。

第一、この世界にずっと居るつもりはない。方法さえ見つかれば元の世界に還《かえ》る予定だ。

唸《うな》る希美香を重役達が宥《なだ》める。少なくとも、戦争が膠着《こうちゃく》でもして情勢が落ち着くまでは王都で自由に過ごして構わないという。

「ただし、護衛は絶対に付けさせてもらう」

「常に彼等と行動を共にするよう心掛けてほしい」

「まあ、抜け駆けしようとする貴族とか居そうですもんね……」

希美香の言葉に、重役達は『よく分かっているじゃないか』と満足そうに頷《うなず》いた。

今伝えておくべき事は伝えたとする王様達は、ここで面談を終わらせようとした。だが、希美香はせっかくの機会なので、いくつか確かめておきたい事がある。

「何か、聞きたい事でもあるのかね？」

「はい、一つはさっき王様が言ってた『予想以上の効果』について。私のお披露目《ひろめ》にどんな効果があったんですか？」

物怖《ものお》じする事なく質問をぶつける希美香に、重役達は感心とも戸惑いともつかない雰囲気で「その事か……」と微妙な表情を浮かべる。希美香は『話しにくい事なのかな？』と小首を傾げた。

すると、トレク王が何か考えるような素振りを見せながら口を開く。

「うむ……まあ、これについては、少しは教えておいてもよいだろう」

一同の顔を見回すようにして言うトレク王に、重役達も頷《うなず》いて応《こた》える。王に目配せされた側近のレイントが、「決して口外《こうがい》しないように」と念押ししつつ、希美香のお披露目《ひろめ》の効果について説明する。

「大きな声では言えませんが、我が国を支える諸侯《しょこう》の中に、現在交戦中の敵国と通ずる者が何人か居るようなのです」

トレクルカーム国は昔から、豊富な宝石や貴金属が採れる黄金《おうごん》の大地として、近隣の国々に狙われていた。だがその豊富な資源と資金力によって、それらの侵攻をことごとく退《しりぞ》けてきたのだ。

しかし近年、敵対国側は侵攻の手口を変えてきた。戦費の嵩《かさ》む直接的な侵攻ではなく、内部に使者を送り込んでの籠絡《ろうらく》工作が活発化しているという。

トレクルカーム国は王都ハルージケープを中心に置き、独自の軍事力を持つ各街の領主がそれを支えるという図式で成り立っている。

王都から各街へは、民が生きていくために必要な食糧の他、生活を便利にする様々な技術が与えられていた。特に、魔導製品に関する技術力は他国の追随《ついずい》を許さない。

大まかに言うなれば、各街は王都に資材を送り届け、王都はそれらを使った完成品を各街に配る。そして完成品を作れるのは王都だけなので、各街は生きるために王都を護《まも》る……といった具合だ。

当然ながら、軍事力のある街の領主は発言力があり、王都に自分達の要望などを通し易い。

「数十年続いてきたこの制度ですが、近年は周辺諸国の技術発展や農業改革によって、各街との関係に綻《ほころ》びが出始めているのです」

万年食糧難にあるような状態のトレクルカーム国は、農業改革によって豊富な食糧を有する国から、こっそり食糧を輸出して領主の懐柔《かいじゅう》を図るという工作を仕掛けられている。

王都からの食糧配給や技術支援に頼る必要がなくなれば、力のある街の領主は国を裏切り、より条件の良い方に付く可能性がある。

「ふむふむ……今まで王都が維持してた国家運営のための制度に、他所《よそ》の国が介入してきたって事ね。で、それに乗っかろうとしている有力諸侯《しょこう》も居て困ってると」

そこへ現れた希美香の能力を見て、あからさまに確保に動こうとする者達と、慎重に見定めようとする者達が居る。彼等の動向をそれぞれ注視する事で、敵国に通ずる者達の洗い出しが捗《はかど》るという。

今の制度に不満の無い領主は、過ぎた富の確保には慎重になる。ひたすら私腹を肥やそうとする領主は、生存権の一部を王都に握られているこの国の体制下では、成功できないようになっているのだ。

いくら金があっても、食糧が無ければ生きていけない。そして食糧を得るには、王都に一定量の年貢《ねんぐ》を納めなければならない。

各街の財政は、王都に申告している公式な数字の他、王都から派遣されている調査員によってより正確な数字も把握されているので、誤魔化《ごまか》しが利かない。

その数字に応じた年貢《ねんぐ》を課しているため、健全な領地運営がなされていなければ破綻《はたん》してしまうのだ。故《ゆえ》に、駄目な領主は淘汰《とうた》され、有能な領主が生き残ってきた。

そのバランスの取れた仕組みの中にありながら、より多くの富を欲する領主が居た場合、それは何を目的としたものなのか。

カンバスタの街のように、鉱山の採掘量が減少するなどして経済危機に陥《おちい》っているのでなければ、国内での地位の向上を狙おうとする野心的な挑戦か、はたまたこの国の体制から離脱するための資金作りか。

「そこを探れば、何かしら手掛かりが得られるって事ね」

希美香が話の概要を纏《まと》めると、説明していたレイントは少し目を瞠《みは》りつつ「その通りです」と答えた。

他の重役達も、希美香がそこまで正確に理解していた事に驚いている。この彷徨《さまよ》い人《びと》は予想よりずっと聡明な頭脳を持っているようだ、と。

(いやいや、どんだけアホの子みたいに思われてたのよ、私……)

どこの世界も、少し時代を遡《さかのぼ》れば『女は総じて頭が弱い』と見做《みな》される風潮があるようだ。

今回、希美香の質問に応じて説明したのも、どうせ理解できないだろうと考えたのかもしれない。

その可能性を感じて希美香は溜め息を吐《つ》く。

(まあ、それはそれとして)

男尊女卑《だんそんじょひ》的な風潮はさておき、もう一つの質問をする。

それは、魔力で汚染されているというこの国の大地について。実りの大地を活かした統治については理解したので、それを壊すつもりはないが、その魔力汚染が原因で自分がこの世界に喚《よ》ばれたのだとすれば、逆にそれを利用して還《かえ》る方法もあるのではないか、と。

「過去に異世界への扉が開いたとか、彷徨《さまよ》い人《びと》が突然消えたとかの事例は無いですか？」

元の世界に還《かえ》るための手掛かりが欲しいと訴える希美香に、王様や重鎮達は難しい表情を浮かべる。互いに顔を見合わせると、おもむろに言った。

「正直に言うが、我々は君がそこまで賢明だとは想定していなかった。故《ゆえ》に、我が国に科せられた禍害についても特別に教えよう」

「先の話と同じく、決して口外《こうがい》しないように」

そう前置きした上で、彼等はトレクルカーム国の大地の状態について語る。公《おおやけ》には大昔の大魔術戦争による影響とされているが、実態は『大規模な呪い』によるものだという。

「え、呪い？」

「そうだ。大魔術戦争時代の歪《ゆが》みも多少は残っているが、国内全域に影響を及ぼすほどのモノでは無い」

この国の大地で作物が育たないのは、古《いにしえ》から続いている呪いが原因である。従って、大地に浸透した魔力を利用して元の世界へ転移するような方法は、恐らく不可能であろうとの事。

呪いが掛けられた経緯については、国家の機密に当たるという理由で説明されなかった。

「……そうですか」

「まあ、元の世界に還《かえ》りたいという君の気持ちは分かる。王宮にある書庫などの施設を自由に使えるようにしておこう。この王都で暮らしながら、還《かえ》る方法をゆっくり探すと良い」

あからさまにテンションを下げている希美香を気の毒に思ったのか、王様達は色々と便宜《べんぎ》をはかってくれるらしい。

カンバスタの街に居た時と同様に、生活全般の支援をしてもらえるというのは、実にありがたい事だ。

「ありがとうございます。よろしくお願いします」

希美香は改めて感謝を述べると、王様達に頭を下げるのだった。

最後に、王都で生活を送る上での注意事項が告げられる。特定の貴族と親しくなり過ぎないように心掛けるとか、近付いてくる者には常に一定の警戒心を持つなど。最後に、今日ここで話した内容は他言無用という事で会議は終わる。

「ではまた何かあればその時に」

「分かりました」

希美香の生活の拠点として、王宮内にある客室の一つが与えられる事になった。

第七章　王都生活の始まり

王宮会議室を出た希美香達は、部屋に案内してくれる人が来るまで、控え室で待機していた。

「ユニはどうする？」

「ボクは……キミカ様さえよろしければ、お傍《そば》でお仕えしたいと思っていますが……」

そんなユニの申し出を希美香は歓迎する。

「うん、私も親しい人が居てくれた方が安心するよ」

カンバスタで生活を始めてから、ずっと一緒に居てくれたユニ。彼が付いていてくれるならとても心強い。

こうして、希美香の王都生活が始まった。


王宮内にある一室を与えられた希美香達は、案内された部屋で一息吐《つ》いた。王宮の客室だけあって、高級感が半端無い。

ユニはこの部屋の使用人向けに用意されている待機部屋を自室として使う。

流石《さすが》にカンバスタの街で暮らしていた領主の館の離れほど広くはないが、希美香とユニが二人で住まうには十分な広さだった。

「はぁ～今日も色々あったね」

細かい彫刻の入った豪華な腰掛けにお行儀悪く跨《また》り、背もたれの上で組んだ両腕に顎《あご》を乗っける。

そんな体勢で溜め息など吐《つ》いている希美香に、苦笑しながら同意するユニ。

「そうですね。お疲れ様です、キミカ様」

「ユニもお疲れ」

互いに労《ねぎら》い合って一段落つけた二人は、明日からの予定について話し合う。

ユニは希美香と共に王宮暮らしになるので、他の王宮勤めの使用人達に挨拶《あいさつ》回りをしておくつもりらしい。

「そっか。私は街に出ようと思ってるんだ」

「え、いきなりですか？」

まだ護衛役との顔合わせもしていないうちから、王都の城下街へ繰り出そうと考えている希美香に、ユニは「凄い行動力ですね」と呆れるやら感心するやらといった様子だ。

「早めに行っておきたい店があるのよね」

「キミカ様、王都のお店を知ってるんですか？」

不思議そうに訊《たず》ねるユニに、希美香は一通の書簡を取り出して見せる。

「これこれ、エンデントさんが書いてくれた紹介状」

「ああっ」

なるほどとユニは納得する。

エンデント魔導具店が商品を取り寄せる際、伝手《つて》にしているという王都のお店。元の世界に還《かえ》るための手掛かりを探したい希美香にとっても、重要な取り引き先になりそうだ。

不安があるとすれば、護衛の者達が付き合ってくれるかどうかだが――

「護衛の人、融通《ゆうずう》の利く人だったらいいなぁ」

「そうですね」

明日からの生活について、取り留めの無い雑談に興《きょう》じる希美香とユニ。夜も更《ふ》けてきた頃、それぞれ寝室と待機部屋に分かれて眠りについた。

「おやすみ、ユニ」

「おやすみなさい、キミカ様」


翌朝。

部屋に運ばれてきた朝食を済ませた希美香とユニは、護衛役との顔合わせのため、王宮の二階エントランスに来ていた。

ちなみに、王宮の客室は二階と三階にあり、希美香達には二階の部屋が与えられている。

「キミカ様、やっぱりドレスはお召しにならないんですか？」

「ん〜、必要に迫られたら検討はしてみる」

「それって、着ない気満々ですよね」

「だってこの方が楽だし〜」

もう転ぶのも備品壊すのもこりごりだと肩を竦《すく》める希美香。そんな事を駄弁《だべ》っていると、執事に案内されて護衛役らしき三人の男性が現れた。

最初にエントランスに入ってきたのは、灰色がかった銀髪と同じ色の瞳を持つ不機嫌そうな若者だった。次に、蜂蜜《はちみつ》色の髪に碧眼《へきがん》の優しそうな青年が続く。そして最後に、濃い茶色の髪に翠眼《すいがん》をした精悍《せいかん》な雰囲気の男性が入ってきた。

「ルイン・コンステードだ。面倒は起こすなよ、異界人」

灰色がかった銀髪の若者が開口一番そう言い放つと、それを見かねた蜂蜜《はちみつ》色の髪の青年が、彼を宥《なだ》めつつ名乗る。

「ルイン、いきなりそれは失礼ですよ。初めましてキミカ様、僕はアクサス。ディースプリネ家の者です」

アクサスに注意され、「ふん」と鼻を鳴らしてそっぽを向くルイン。そんな二人のやり取りを一《いち》瞥《べつ》した濃い茶色の髪の男性が、『自分の番か』といった様子で名乗った。

「私はブラムエル・ユースアリ。本日より貴女の護衛を言い付かりました」

三者三様の挨拶《あいさつ》を受けて、最初の若者の不躾《ぶしつけ》な物言いに固まっていた希美香達も挨拶《あいさつ》を返す。

「あ、どうも、南田希美香です。こっちは付き人で友人のユニ」

「よ、よろしくお願いします」

希美香と共に頭を下げるユニ。希美香は咄嗟《とっさ》に『友人』の一言を加えた。何となく、護衛役の彼等に『選民思想』的な気配を感じたからだ。

今後、どこへ出掛けるにも付いて回られる事を考えると、彼等の存在によってユニが委縮《いしゅく》してしまい、今までのような気楽な付き合いが出来なくなるのは避けたかった。

案内役の執事が、今後の行動について希美香に注意事項を伝える。

「キミカ様が出歩く際は、たとえ王宮内であっても、彼等のうちの誰かと共に行動なさるようお願いいたします。それでは」

役目を果たした執事は、希美香と護衛役の三人に深々と礼をして去っていった。残された五人は改めて向かい合う。

とりあえず、希美香はこれからお世話になる護衛達の名前の確認から始めた。

「えーと、ルインさん、アクサスさん、ブラムエルさん、でいいのね？」

腕組みをして斜めに構えているルインは、鼻を鳴らして肯定を示した。穏やかな微笑を浮かべたアクサスは「ええ」と返答。寡黙《かもく》そうなブラムエルは静かに頷《うなず》く。

「ん、分かった。それじゃあ今日からよろしくね。さっそくだけど、これからカンバスタに帰る人達の見送りに行くんで、誰か一緒に来てくれます？」

希美香がそう言ってエントランスの出口を指すと、ルインが面倒くさそうに言い放つ。

「くだらねぇ、そんなもん必要ねえだろ」

「では、僕がご一緒しましょう」

「私も行こう」

アクサスとブラムエルが同行を申し出る。ルインはそんな二人に鼻を鳴らして背を向けると、どこかへ立ち去ってしまった。

「あの人、なんであんなに喧嘩《けんか》腰なの？」

呆れ気味な希美香の呟《つぶや》きに、アクサスがフォローを入れる。

「彼は、女性に少し懐疑的なんですよ」

「懐疑的？」

ルインはコンステード家の三男で、優秀な兄二人と、その周囲に群がる令嬢達の醜《みにく》い愛憎劇を見て育ったため、女性に対する不信感が根強いらしい。

「あー……」

その説明で大体のところを察した希美香は、ルインとは仕事として割り切った付き合い方をすれば良いかと納得した。

察しの良過ぎる希美香に、気になったらしいアクサスが訊《たず》ねる。

「失礼な事をお訊《き》きしますが、貴女にもそういった経験がおありで？」

「ううん、本とかで読んだりして知ってるだけ」

一般人の世界でも、男女間の痴情《ちじょう》のもつれによる愛憎劇は、アクの強いドロドロした物語として描かれる。それが貴族ともなれば、『ガチで陰謀が渦巻《うずま》く世界』なのだから、なおさら凄そうだと希美香は肩を竦《すく》めて見せた。

「それこそ、庶民には想像もつかないような修羅場を見てトラウマとか抱えてそう」

ルインの無礼な態度にも理解を示す希美香に、アクサスは少し目を細めて観察するような視線を向けた。が、すぐに元の雰囲気に戻る。

それに気付いていながら、希美香は素知《そし》らぬふりをして続けた。

「まあ、それを差し引いても仕事に私情を持ち込んでる時点で『おこちゃま』だから、こっちは向こうの挑発に乗らずに淡々と接するだけね」

その方がお互い疲れなくて良いだろうと締め括《くく》る。甘い対応かと思いきや、意外とシビアな考えをしていた事に、アクサスは一瞬目を丸くした後、クスリと笑って呟《つぶや》いた。

「ふふ、寛容な方ですね」

そんなこんなで、カンバスタから一緒に来た人達が泊まっている高級宿を訪れた希美香は、丁度出発の準備をしていた彼等に労《ねぎら》いと別れを告げた。

「今日までありがとう、道中気を付けて。向こうに帰ったらみんなによろしくね」

「必ず伝えます！」

「一緒に帰れないのが残念です」

そうして、護衛隊一行は希美香に見送られながらカンバスタに帰っていった。ちなみに、ユニの私物が向こうに少し残っているので、後日送られてくる事になっている。

「さて、じゃあ次は魔導具店まで案内と護衛よろしく」

護衛隊一行を見送ったその足で、今度は城下街の魔導具店を目指す希美香。エンデント爺さんが王都でも世界転移に関する情報や要《い》り用の魔導具を都合してもらえるようにと書いてくれた紹介状を渡しに行くのだ。

初日からしっかりこき使ってくる希美香に、アクサスは苦笑を浮かべながらも「了解です」と応《こた》え、ブラムエルは黙って希美香達の乗った馬車を先導する。少し波乱を予感させつつも、希美香の王都生活はこうして穏やかに幕を開けたのだった。


王宮に近い区画にある高級品店が並ぶ通りを訪れた希美香達は、さっそくエンデント爺さんの知人の店である『サータス魔導具総合本店』にやってきた。

トレクルカーム国内に流通する魔導具のほとんどを製作している中心的な店で、工房が併設されている店舗は、王都では二番目に大きいという。

「あら、扉のデザインがエンデントさんの店と一緒だ」

「あ、本当ですね」

エンデント魔導具店と同じ装飾がなされたお洒落《しゃれ》な扉を開いて、さっそく店に入る。

サータス魔導具総合本店は、全体としては結構大きな建物だが、後ろ半分は工房と倉庫になっていて、中央に居住スペースがある。一番手前の店舗部分は割とこぢんまりとした空間だった。

エンデント魔導具店が小さな駄菓子屋だとすると、こちらは中規模コンビニエンスストアといった感じか。

正面奥の壁にはガラス張りの棚がずらりと並び、そこに様々な魔導具が飾られている。その中央付近にカウンターがあって、髪の長い妖艶《ようえん》な熟年女性が番をしていた。

その女性とカウンター越しに話している人物を見て、希美香は思わず目を丸くした。

「あれ、ルインさん」

「ん？　――げっ」

希美香の声に振り返ったルインが、一瞬驚いた表情を浮かべるも、すぐ不機嫌な顔になる。

「な、何だお前、何しに来やがった！」

「ルイン、控えろ。これ以上の無礼は許さん」

希美香が何か言おうとする前に、ブラムエルが二人の間に割って入り、ルインを叱責した。個人の意思や嗜好《しこう》は尊重するが、任務を蔑《ないがし》ろにするのは許さない、と。

「……悪かったよ」

（あらら）

顔合わせの時からここまでずっと、静かに付いてくるだけだったブラムエル。そんな彼の素早い行動に驚いた希美香は、きっと締めるべき時に場を締める纏《まと》め役の人なんだなと認識した。

常に一歩下がって全体を俯瞰《ふかん》し、今回のルインのように言動が行き過ぎれば即座に指導する。アクサスもルインに注意はしていたが、彼はちゃんとフォローも入れる事で、ギスギスしそうな場を円滑《えんかつ》にする役割を果たしているようだ。

一番奔放《ほんぽう》なのはルインだが、彼は彼で『会話の切っ掛け』の提供者になっていると言える。アクサスもブラムエルも話し掛ければ応《こた》えてくれるが、希美香側からアクションを起こさなければ、ただ黙って付き従っているだけの印象があった。

希美香がそんな分析をしていると、一連のやり取りを面白そうに見ていたカウンターの女性が声を掛けてきた。

「いらっしゃい、お客さんかしら？」

「あ、はい。これを店主の方に渡して欲しいんですが」

希美香が紹介状を取り出して見せると、カウンターの女性は書簡に記《しる》された印に反応した。

「あら、師匠からの紹介状ね。という事は、貴女が『彷徨《さまよ》い人《びと》キミカ』かしら？」

「そうです。ええと、貴女は――」

「うふふ、初めましてキミカ。私はサータス。ここの店主をやっているわ」

魔導具総合本店の女主人サータスは、そう言って希美香を歓迎してくれた。

意図せずルインが加わり、護衛の三人組が揃《そろ》う中、希美香は目的を果たすべくサータスに紹介状を差し出す。エンデント爺さんの事を『師匠』と呼ぶ彼女は、受け取った書簡にふむふむと視線を這《は》わせると、「なるほどね」と頷《うなず》いた。

「さっそくだけどキミカちゃん！」

「は、はい？」

ズズイとカウンターから身を乗り出したサータスは、合掌《がっしょう》した両手に頬を預けるという、いわゆる『おねだりポーズ』を取りながら――

「あたしにも何か宝石ちょうだい。青い石がいいな」

そうのたまったのだった。


「ここでいいかな」

ユニと護衛の三人を連れて店外に出た希美香は、出入り口付近を飾る花壇の近くに立つ。そこの地面に手を付いて宝石の引き寄せをイメージした。

（青っぽい宝石、手の平サイズで出ろー）

相変わらずアバウトなイメージだが、希美香に宿る謎の能力は、思い描いたモノに最も近い宝石を引き寄せる。

「お、出た出た」

手の平にポコッという感触があり、希美香は地面からそれを拾い上げた。透明感のある青い宝石で、大きさはエンデント爺さんに売った緑の宝石と同じくらい。

およそ二五〇〇カラット相当の大物だ。

「……いつ見ても、おかしいですよね、それ」

「今さら今さら」

ユニの苦笑交じりのツッコミに、開き直りで返す希美香は、青い宝石から土を掃《はら》いながら店内に戻るのだった。

一方、初めて希美香の力を目《ま》の当たりにしたルイン、アクサス、ブラムエルは、しばし固まっていた。護衛の任務を賜《たまわ》る際に説明されてはいたが、適当な地面からしれっと巨大宝石を掘り出した希美香に、驚き半分、困惑半分といった様子である。

「驚きました……確かに説明にあった通りですが」

アクサスは、どういう系統の能力なのだろうかと疑問を浮かべた。

「予《あらかじ》め隠し持ってたとかじゃないのか？」

「そうは見えなかったし、そうする意味も無い」

ルインは能力の真偽を疑うも、ブラムエルがその疑念は論理的ではないと指摘する。

実は、ルインとアクサスは先日の奇襲騒ぎの時の事を詳しく知らなかった。だが一般の兵士達との交流が深いブラムエルは、宝城壁を護《まも》っている兵士達から、希美香が巨大な宝石の浮島で宝城壁を飛び越えてきたと聞いている。

そして三人は、それぞれの家の当主から、『彷徨《さまよ》い人《びと》キミカの信頼を得よ』との指示を受けていた。将来、希美香が貴族に嫁《とつ》ぐ際の『婚約者候補』に数えられているのだ。

そんな訳で一応、ライバル関係になる彼等は顔を見合わせると、希美香と付き人のユニが入っていった魔導具総合本店の出入り口に視線を向ける。

「少し興味が湧いてきました。実益も兼ねて任務を遂行するとしましょうか」

「ふん……じゃあ俺は適当に手を抜かせてもらうからな」

「護衛の任務だけは気を抜くな」

ともあれ、三人は引き続き希美香の護衛を続けるのだった。


その頃、店内では希美香から巨大宝石を贈られたサータスが大喜びしていた。

「きゃーーーっ！　凄い大物！　キミカ、あなた最高だわ！」

「それはどうも」

青い宝石にスリスリしながら少女のようにはしゃぐ熟年美女に、少々引き気味な希美香。

今回の取り引きによって、希美香はここサータス魔導具総合本店でも、エンデント魔導具店と同じ扱いを受けられる事になった。必要な魔導具を必要な時に、必要なだけ手に入れられる。

それはさておき、これだけ大きな魔導具店なら、求めている情報の一つや二つ入手できるのではないかと考えた希美香は、期待を込めて訊《たず》ねてみた。

「あのー……転移系の魔術に関する資料とかは――」

「うーん、ここには無いわねー」

サータスの言葉で希望はあっさり砕かれた。

実は、以前からエンデント爺さんにも世界移動系の転移術や、彷徨《さまよ》い人《びと》に関する情報収集を依頼されており、希美香にその質問をされる事は予想していたらしい。

「一応、コネを使って王宮図書館とか、隣国の博物館とかも調べてみたんだけどねー、これといって成果は無かったわねー」

「そうですか……」

自分の知らないところで色々と動いてくれていた事を理解した希美香は、サータスに礼を言って、これからもお世話になりますとお願いした。

「こちらこそよー、工房でどうしても必要な鉱石が足りなくなった時は助けてねん」

「勿論《もちろん》です――っていっても、そこまで正確に狙った鉱石を引き寄せられる訳じゃないですけどね」

ほとんど『何となく』のイメージで引き寄せているのだと説明する希美香に、サータスはそれなら訓練次第で精度を上げられるかもしれないと言う。

「魔術はイメージが基本だからねー、正しい知識を身に付けて正確なイメージを思い浮かべれば、潜在《せんざい》の具現をより精巧な顕在《けんざい》の諸現象に導く事が出来るはずよー」

サータスの言葉は途中で魔術の解説が交じってややこしかったが、言わんとする事は希美香にも何となく分かった。

その時、護衛三人組のルインが声を掛けてきた。

「おい、そろそろ昼だ。王宮に戻るぞ」

「あらー、ルー君はせっかちねー」

面倒くさそうに促《うなが》すルインに、サータスがそう言って笑みを向ける。女嫌いらしいルインがまたぞろ暴言を吐くのではないかと危惧《きぐ》する希美香だったが、ルインはサータスにムスッとした表情を返すだけで、特に悪態を吐《つ》く事も無かった。

「そう言えば、ルインさんってサータスさんとは普通に話してたね」

希美香がそう話題を振ると、ルインはそっぽを向いたが、サータスが答えてくれる。

「ルー君とは、彼が小さい頃からの付き合いなのよー。彼のお屋敷に行くとね、サー姉サー姉って、いつもあたしの後をくっついてきてねー」

「おいっ、余計な事まで喋《しゃべ》んなよ！」

「へー」

屋敷の内側で繰り広げられる、兄達をめぐる令嬢方の陰湿な攻防。一方、外から来るサータスはそういった女の闘いには関わらず、美人で優しくて包容力もあった。まだ甘えたい盛りで健全な愛情に飢えていたルインは、サータスに依存する勢いで懐《なつ》いたという。

「こらっ！　さらっと嘘を混ぜんじゃねぇ！　あと自画自賛すんなっ！」

「えー、そんな感じだったじゃなーい」

誰が甘えた依存したと抗議するルインと、笑ってあしらうサータス。そんな二人の関係を歳の離れた姉弟みたいだなと希美香は感じた。

思わぬ人物の過去話が暴露されたりしつつ、サータス魔導具総合本店を後にした希美香達は、王宮の自室へと帰ってきた。

本日のお出掛けはこれにて終了。就寝までの残り時間は自室でノンビリ過ごす予定だ。

今回は目的があって魔導具総合本店に出向いたが、まだ王都の事をよく知らない現状、不用意な外出は控えるべきだろう。今後はしばらく王宮内で過ごす事になりそうだった。

「それじゃあ、また明日からもよろしくお願いしますね」

「ええ。僕達のうちの誰かは王宮に詰めているので、ご用の際は呼んでください」

「失礼します」

「……」

自室の出口で護衛の三人と別れる。アクサスは気の利いた言葉できっちり挨拶《あいさつ》をし、ブラムエルは不愛想レベルに簡素な一言のみ。ルインは用は済んだとばかりにさっさと立ち去った。

（ブレないなぁ）

三者三様の彼等を見送った希美香は、静かに扉を閉じたのだった。

ユニがさっそくお茶の用意をしてくれたので、広間のテーブルで向かい合って寛《くつろ》ぐ。そうして二人は、今日のお浚《さら》いを始めた。

テーマはやはり護衛の三人組——ルイン、アクサス、ブラムエルについてだ。

「まずルインさんは、あれ見たまんまだよね」

「そうですね、あの方に裏表はほとんど無いと思います」

いきなり無害判定を下されるルイン。サータス魔導具総合本店でのやり取りの事もあって、現状では一番分かり易い人物だと二人は判定した。

あまりこちらに好意的ではなくとも、裏心の無い人とは安心して付き合える。

「次に、アクサスさんだけど——」

「ボク、あの方はちょっと苦手かもです」

ルインの『女嫌い』を話題にした時、アクサスが見せた希美香に対する『醒《さ》めた視線』についてユニが言及した。

まるで探っているような視線は、一瞬だったが怖く感じたので、気付かないふりをしたという。

「ありゃ、ユニもあの時そうだったの？」

「キミカ様も気付いてらしたんですね」

希美香も、あの瞬間の違和感は少し気になったが、初対面で細かく突っ込むのも憚《はばか》られるので、スルーした事を明かした。

「ふーむ、一番優しそうではあるけど……そういう人ほど実は裏では……なんて事、貴族の世界じゃお約束っぽいもんね」

「怖いですよね」

三人の中では最も気配りに長《た》けた、コミュニケーションの取り易い相手なので、彼等との会話の窓口になりそうだが、あまり気を許さない方が良さそうだと結論付ける。こうしてアクサスは要注意人物と判定された。

そして、最後は堅物《かたぶつ》なイメージが出来つつあるブラムエルについて。

「うーん、大人っていうか愚直？」

「そんな感じですよね」

あまり喋《しゃべ》らず、感情も見せないので分かりにくいと、意見を一致させる希美香とユニ。とりあえず、今のところ危険な感じはしないが、安全かどうかも分からない。

「まあ、護衛なんだから安全は安全なんだろうけど」

「保留――ですかね？」

今日の交流では、彼の人物像を判断できるだけの情報が揃《そろ》わなかった。という事で、ブラムエルに対する評価は保留とする。

「明日からは、王宮暮らししながら情報収集だねー」

「そう考えると、何だか夢のようです」

辺境の片田舎《かたいなか》とも言えるカンバスタの街の、領主の館で働く一介の使用人。そんな自分が王都の王宮で要人に仕えている現状に、未《いま》だ実感が伴《ともな》わないと語るユニ。

「あはは、それを言うなら私もだよ」

こちとら異世界の一般人その一だったんだぜーと茶化す希美香に、ユニは彼女の身の上を思い出して恐縮する。

「あ、そ、そうでしたね。すみません」

自身のルーツが何も無い別の世界に、一人放り出された心細さはどれほどのものか。そう思うとますます恐縮してしまう。

「ああんもう、そんな深刻に取らないでよ」

「す、すみません」

恐縮スパイラルに陥《おちい》るユニを弄《いじ》って遊ぶ希美香は、ユニは最も近い場所で自分を支えてくれる味方として、一番心強い友人なのだと説《と》く。

「キミカ様……」

「だから、これからもよろしくね」

そんな調子で、ユニとの友情と結束を固めたりしつつ、王都での新たな一日を刻む。ユニの心の奥に隠された特別な感情まで刺激している事には気付かない希美香なのであった。

第八章　絢爛《けんらん》たる王宮の日々

希美香の王宮での生活は、その大半が情報収集という名のお茶会への参加や、お喋《しゃべ》り会に費《つい》やされていた。

王宮の図書館を使わせてもらえるので毎日のように通ってもいるのだが、希美香はこちらの世界の字が読めないため、人に話を聞いての情報集めが中心になる。何か手掛かりになりそうな話を聞いたら、それに関する本を探してユニに読んでもらうなどしていた。

「んー、彷徨《さまよ》い人《びと》に関する公式記録って、あんまり残ってないんだねー」

「ほとんど噂話ばかりみたいですね」

改めて調べてみると、キチンとした裏付けがある話は意外に少ない事が分かった。他所《よそ》の国の彷徨《さまよ》い人《びと》に関する情報も気になるところだが、彷徨《さまよ》い人《びと》が喚《よ》ばれる原因が大魔術戦争の爪痕《つめあと》であり、それが最も強く残っているのがこのトレクルカーム国という事なので、そこを踏まえて考えると、他国の情報はあまり期待できないかもしれない。

「まあ、この調べ物は、一生ものかもしれないわねー……」

「……」

元の世界に還《かえ》る事を諦《あきら》めた訳ではないが、今の生活に随分と馴染《なじ》んでしまった事を自覚する希美香は、しみじみと呟《つぶや》いた。

世界移動に関する情報収集はさておき、王宮暮らしをしている希美香は、貴族のお嬢様方の間では割と受けが良かった。

「あら、ごきげんようキミカ」

「こんにちはー」

王宮図書館へ向かう途中、ベランダの渡り廊下にて、数人の侍女を従えたどこかの令嬢とすれ違う。

本来なら由緒ある家の令嬢方にとって、庶民の娘など挨拶《あいさつ》を交わす価値も無く、スルー対象にされるところだ。

だが、希美香は『彷徨《さまよ》い人《びと》』というこの国の稀有《けう》な客人であり、宝石や貴金属類を錬金術の如《ごと》く生み出す能力を持つと、王宮の偉い人達の間でも噂されている。

故《ゆえ》に親しくしておいて損はないと思われていた。実際、欲しいアクセサリーの材料なども簡単に出してくれるので、令嬢方からすれば懇意《こんい》にしない理由が無い。

将来は上級貴族入りも約束されている希美香は、今のうちに関係を深めておきたい家のお嬢様方から、いつもちやほやされていた。

それはそれで「何だかな」と思う希美香であったが、多くの貴族達とコネが出来るのは悪い事では無い。せっかくの特殊能力と、王宮で生活の面倒を見てもらえるという幸運を、もっと有意義に使おうと考えていた。

望郷の念に囚《とら》われて塞《ふさ》ぎ込み、この世界に目を向けないのは勿体《もったい》ない。いつか地球世界に還《かえ》れた時に、この世界での出来事を良い思い出に変えられるよう、積極的に行動する。

高価な宝石や希少鉱石を引き寄せられるこの能力を使って、異世界で億万長者を目指してみるのもいいかもしれない。

引き寄せた宝石に魔法の効果を付与させるなど、割と応用が利く能力らしいので、工夫次第で色々な事が出来そうだ。

渡り廊下を過ぎ、沢山の窓が並ぶ長い回廊に入る。すると、今度は初老の紳士に声を掛けられた。

「おお、キミカ殿。先日はうちの娘が世話になりましたな」

先日、彼の娘にアクセサリー用の宝石を都合した事への礼を述べられた。

希美香はここで暮らし始めて以降、活発に王宮内を歩き回って自分の存在を認知させ、交流を図ってくる者にも応じている。そのため、今や下働きの使用人から上級貴族に至るまで幅広い層の人々に知られるようになっていた。

勿論《もちろん》、『特定の貴族と親しくなり過ぎないように』という王宮会議室での忠告はしっかり守って、節度ある交流を心掛けている。

「ではまた。機会があれば娘をよろしく」

「こちらこそー」

初老の紳士と別れ、再び図書館へと歩き始める希美香とユニ。

こういう人気《ひとけ》の少ない場所では、たまに抜け駆けでアプローチしてくる若者もいるが、基本的に護衛ブロックと派閥《はばつ》による圧力の影響であまり接触する機会は無い。

護衛は、希美香と交流する者に威圧感を与えないよう配慮し、柱の陰に隠れるなどしながら付いてくる。だが若い男性が近付こうとすると、堂々と姿を現して目を光らせるのだ。

ちなみに、今日はアクサスが護衛に就《つ》いている。

「ユニ、ユニ（ひそひそ）」

「どうしました？　キミカ様（ひそひそひそひそ）」

希美香は何となく護衛の気配がいつもより薄い気がしたので、ユニに小声でその話をした。人の気配などを、それほど明確に読み取れる訳ではないのだが、普段はそこに居るという事が分かる程度には存在を感じていた。だが、今日はそれを感じない。

「実はサボってるとか？（ひそひそ？）」

「まさか、そんなハズありませんよ（ひそひそひそ）」

傍目《はため》には、身を寄せ合って内緒話でもしているかのように見える二人。そこへ、新たに声を掛けてくる若者がいた。

「麗《うるわ》しき異郷の乙女、その身に秘めたるは情熱の果実か、黄金《おうごん》の果実酒か」

話し掛けてきたというか、何か舞台俳優のような大仰《おおぎょう》な身振りで柱の陰から出てきたので、希美香はペコリとお辞儀《じぎ》して通り過ぎた。

すると、その若者はくるりと身を翻《ひるがえ》して、左手を額《ひたい》に当てて憂《うれ》いのポーズを取りながら、右手をビシッと伸ばして呼び止める。

「待たれよっ」

「はい？」

出来ればスルーしたかったが、無視する訳にもいかない。

立ち止まって振り返った希美香は、改めてその若者を見上げた。センター分けのゆるふわプラチナブロンドが特徴的な碧眼《へきがん》の貴公子で、いかにも貴族っぽい整った顔立ちをしている。精悍《せいかん》なイメージは無く、どちらかといえば『お坊ちゃま』な雰囲気があった。

「お噂はかねがね聞き及んでいます、彷徨《さまよ》い人《びと》キミカ。僕はルタシュ。アズタール家の嫡男《ちゃくなん》さ」

『タール』のところが無駄に巻き舌で伸ばされていて希美香の笑いのツボを刺激するが、別にネタでやっている訳ではないらしい。

堂々とした振る舞いを『しようとしている』のが分かるくらい仕草がワザとらしく、しかしその不自然さがキャラとして成り立っている。

赤い薔薇《ばら》とか咥《くわ》えていてもおかしくない。そんな人物だった。

「はあ……ええと、ルタシュさん、私に何かご用ですか？」

「ふふふ、貴女に詩を贈りたかったのですよ。今この時代《とき》、この場所で、貴女とこうして出会えた奇跡を――」

ルタシュがそこまで話した時、柱の陰からアクサスが現れて希美香の傍《そば》に立った。ムッと眉を顰《ひそ》めたルタシュは、シッシと手を払いながらアクサスに言い放つ。

「君に贈る詩は無い。気を利かせたまえよ」

「キミカ様に失礼があってはいけませんので」

アクサスはそう返して希美香の傍《そば》をキープした。いつもの穏やかな微笑を湛《たた》えているが、どこか挑発的な気配を感じなくもない。

「何だ君は、無礼な奴だな。確か、ディースプリネ家の次男だったか？」

「アクサスと申します。ルタシュ殿」

家柄はほぼ同格だが、次男という事でアクサスを見下すルタシュは、尊大な態度を表現するかのように踏《ふ》ん反《ぞ》り返って言う。

「ふん、カムレイゼ派の走狗《そうく》か——護衛ご苦労、だが僕は彼女に用がある。君は外してくれないか」

「いえ、護衛ですので」

「察しの悪い奴だな君は。護衛対象の迷惑にならないよう心掛けたまえよ」

「ええ。キミカ様にご迷惑が掛からないよう、任務を果たそうとしているだけですよ」

邪魔者を追い払おうとするルタシュに、同意を装《よそお》いながらことごとく言い返すアクサス。挑戦的な視線を向けられ、言外《げんがい》に挑発されたと感じたルタシュが声を荒らげる。

「……！　僕が迷惑だと言いたいのか！」

「お言葉ですが、キミカ様はまだこちらの常識に疎《うと》い異世界人。我々の常識に付き合わせようとする行為には感心いたしかねますね。ご自重なさった方がよろしいかと」

アクサスとルタシュのやり取りをじっと見つめていた希美香は、スッと確信めいた表情を浮かべると、すぐに行動を起こした。

「ユニ、行こう」

「え？　あ、は、はい」

対立する二人の貴公子を放置して、さっさとこの場を離れる希美香とユニ。

「っ！」

それを見たアクサスは、一瞬慌てたように目を瞠《みは》る。彼らから少し離れたところで、ユニが希美香に耳打ちで訊《たず》ねた。

「あの、よろしかったんですか？」

「いいのいいの――権力闘争の道具にされてたまりますかっての」

そんな希美香の呟《つぶや》きに、ユニは意味が分からずキョトンとした。

「権力闘争、ですか？」

「……さっきのアレね、私の推測だけど――」

希美香は先程の二人のやり合いについて、アクサスがルタシュを使って仕掛けた工作であるという推測を、手短《てみじか》に語って聞かせた。護衛任務を利用して、対立派閥《はばつ》の家の者との衝突を演出し、希美香が自分達の派閥《はばつ》についているかのように認知させる工作。

相手は別に希美香の事を貶《おとし》めた訳でも何でもないのに、希美香を庇《かば》って相手を諫《いさ》めるような発言をする。そうする事で、まるで相手が希美香を貶《おとし》め、自分がそれを諫《いさ》めたかのような状況を作るのだ。

当然、相手は誤解を解こうとするし、言い掛かりを付けられた事に憤《いきどお》る。

「その言葉尻や揚げ足を取るようなやり方で、相手に何かを迫るわけよ。『今後このような事は控えて頂けますね』みたいな感じでね。で、相手はそんなつもりじゃ無いから、当然怒って言い返すと」

先程の例だと、アクサスは『キミカ様にご迷惑が掛からないよう、任務を果たそうとしている』という発言でルタシュを挑発し、希美香の事を『まだこちらの常識に疎《うと》い』とした上で、自分達の常識に付き合わせようとする彼を『感心いたしかねますね。ご自重なさった方がよろしいかと』と諌《いさ》めたのだ。

この辺で、希美香はアクサスの意図に気付いてあの場を離れた。

「あのルタシュさんって人、別に私に何も求めて無かったよね？」

「そう言えば、そうですね」

詩を贈るのを切っ掛けに色々と交流を図りたかったのであろうが、特にこれと言って何かを要求していた訳ではない。また、彼が現れる直前までアクサスの気配がやたらと薄かったのも、ワザと隙《すき》を作って希美香に接近してくる者をおびき寄せた疑いがある。

「ルタシュさんがアクサスさんの事を『カムレイゼ派』とか言ってたし、多分対立してる派閥《はばつ》同士なんじゃないかな」

アクサスが希美香を庇《かば》いながら誰かと対立し、希美香がアクサスを心配する素振りを見せる。それを繰り返していけば、アクサス、ひいてはディースプリネ家と希美香との蜜月《みつげつ》を周囲に印象付けられる。

ディースプリネ家が、希美香の身請《みう》け先に最も近付くようにも仕向けられるだろう。そんなシナリオが透けて見えたのだと希美香は言う。

希美香の推察を聞いて「ほえー」となっているユニを尻目に、希美香は周囲に向けて声を上げた。

「ルインさんかブラムエルさん居ないー？」

するとと、物陰からブラムエルが無言で出てきた。ユニがビクッとしている。

「護衛よろしく」

「了解しました」

希美香の要請に応《こた》えて、ブラムエルが護衛に就《つ》いた。それじゃあ行きましょうと王宮図書館への道を進み始める希美香達。

一方、少し後方で言い争いを演じていた二人は——

「失礼、任務がありますので」

「あ、おいっ、まだ話は——」

もはや無駄でしかないルタシュとの言い争いを切り上げ、慌てて希美香達を追ってくるアクサス。

「お話終わったの？」

「申し訳ありません、見苦しいところをお見せしました」

半分引き攣《つ》った表情を見せながら、殊勝《しゅしょう》に頭を下げるアクサスに、希美香は労《ねぎら》いの言葉を掛ける。

「ううん。貴族って大変だねー」

しれっと返した希美香の態度に、ユニは内心で冷や冷やしていた。

（キミカ様、凄い胆力《たんりょく》してますね……）

ちょっと図書館に出掛けるだけでも、道中で神経を磨《す》り減らされる。そんな希美香達の王宮生活は、まだまだ始まったばかりであった。

王宮図書館には、庶民が滅多《めった》に手にする事の出来ない高価で貴重な本が揃《そろ》っている。その中には、色付きの宝石図鑑などもあった。

希美香はそういった本を読んでは、各種鉱石や宝石に関する勉強をしていた。読み上げはユニが担当しているので、彼も一緒に知識を深めている。

また、サータスのアドバイスで魔導具総合本店の工房を訪れ、鍛冶屋《かじや》や細工《さいく》職人の技を見学した事で、引き寄せる貴金属や宝石類をある程度任意の形で掘り出せるようにもなった。サータスが言っていた、『正しい知識と思考による正確なイメージの訓練によって、引き寄せ対象の精度が上がる』という推測が証明された形だ。

現在は能力開発の一環として色々な形の宝石を掘り出しては、サータス魔導具総合本店に売却したり、適当に誰かにプレゼントしたりしている。

まだまだ宝石店に並ぶ売り物のような綺麗な形では掘り出せないので、装飾品として使う場合は職人による加工が必要だ。だが、何せ元手がタダなので、希美香の潜在《せんざい》的な個人資産は増えていくばかりであった。

「いらっしゃい、キミカ。参加してくれて嬉しいわ」

「お誘いありがとうございます」

この日、王宮の中庭沿いの廊下を歩いていた希美香は、庭園の一角で開かれていたお茶会に誘われた。主に中堅貴族の令嬢達が集まっている。

（まあ、女子会みたいな感じよね）

そう認識する希美香は、彼女達の持つ情報網も割と侮《あなど》れない事を知っていた。

使用人達が情報通である事はよく知られているが、一見政治的な話や派閥《はばつ》に関する裏事情などに疎《うと》いと思われがちな令嬢達も、表立って口にしていないだけで色々と詳しかったりする。

生まれた瞬間、あるいは生まれる前から生き方のほとんどを決められ、政略結婚などに見られる『家と家の取り引き』に使われている彼女達。だが、その狭い世界の中で少しでも上等な条件を、そして僅《わず》かな自由を得んがため、日々鎬《しのぎ》を削っている。

なので、各家の事情や派閥《はばつ》に関する情報には結構精通しているのだ。そうでなければ、ただ人形のように飾られ、与えられ、跡取りを産むだけの、つまらない人生を送る事になる。

そんな訳で、希美香は誘われたお茶会の席では、貴族間の繋がりや派閥《はばつ》に関する情報を積極的に収集していた。

希美香が将来どこかの上級貴族に嫁《とつ》ぐ事は令嬢達も知っているので、そのための活動と考えれば何ら不自然な点は無く、彼女達が口を閉ざす理由も無い。

情報を教える際に多少の取り引きをすれば、高価な宝石ゲットという『お楽しみ』もあるので、希美香の質問にはよく答えてくれる。

「皆さんは、カムレイゼ派って分かります？」

希美香は先日、護衛役のアクサスと揉めた相手が言っていた、派閥《はばつ》名らしき言葉を出して訊《たず》ねた。

すると、何人かの令嬢がすぐに教えてくれる。

「好戦派の方々の事ですわ」

「カフネス侯爵家のカムレイゼ様を中心とする派閥《はばつ》ですわね」

「クァイエン伯爵様が筆頭とも言われてますの」

「げ、あの厭味《いやみ》伯爵が筆頭なの？」

謁見《えっけん》の間で散々《さんざん》絡《から》んできたクァイエン伯爵の名前が出てきた事に、思わず顔を顰《しか》める希美香。ギリギリ会話が聞こえる場所で柱に背を預け、暇そうに腕組みをしている護衛のルインが、ちらりと視線を向ける。

令嬢達は、希美香の『厭味《いやみ》伯爵』呼ばわりにクスクス笑いながら、カムレイゼ派について説明してくれた。

トレクルカーム国は、豊富な宝石や貴金属が採れる黄金《おうごん》の大地として近隣の国々に狙われている。そのせいで今も戦争の最中であるという事は、希美香も既に聞いていた通り。

故《ゆえ》に国を護《まも》ってきた軍閥《ぐんばつ》系の領主や重鎮貴族達の発言力が強く、外交戦略における方針のほとんどを彼等が決定しているという。

そんな国家の中枢《ちゅうすう》を担《にな》う人々の間にも、それぞれ考えの違う派閥《はばつ》が存在する。カムレイゼ派は、主に好戦派として知られているようだ。作物が育つ普通の土地を得るためと、トレクルカーム国の安全と繁栄のために、近隣国を征伐すべきと主張しているらしい。

「好戦派が居るって事は、融和《ゆうわ》派とか中立派もいるのかな？」

「一応、講和を主張なさる一派もいるそうですわ」

希美香の問いに答えてくれた情報通の令嬢によれば、そういう一派はいずれも少数で力も弱く、国の上層部では無視されているそうな。その背景には、今は優勢に進んでいる戦事情があるらしい。

「優勢なんだ？　何か戦が長引いてるせいで不況になってるって前に聞いたんだけど」

「それは辺境や田舎《いなか》の小さな街に限った話ですわね」

希美香が世話になっていたカンバスタの街は、王都から見て辺境の片田舎《かたいなか》というポジションにある。そういった街はともかくとして、王都周辺の大きな街では、軍事需要で景気は悪くないという。

（ふーむ、地方との格差も結構あるのかー）

同じ貴族階級でも、特需の恩恵を受けられる者と、そうで無い者がいる。カンバスタの主要産業は鉱山の採掘だが、同じように鉱山を所有する街でも、鉄鉱石など軍事製品の資材となる鉱石が採れる街は好景気が続いているらしい。

「そっかー、確かにカンバスタは金や宝石が中心だったみたいだしねぇ」

多くの兵士に支給するため、大量に生産される武器や防具の材料は、金銀宝石よりも遥かに需要が高そうだと希美香は納得する。

すると、令嬢の一人がこんな話を振ってきた。

「金銀宝石と言えば、キミカ様は宝石を好きな形に変えられるよう鍛錬《たんれん》なさったと聞きましたわ」

「耳はやっ」

引き寄せ能力の精度向上については、まだお茶会の席では誰にも話していなかったはずだが、どこから情報が伝わっているのやらと感心する。

「好きな形に変えられるというか、掘り出す時にある程度形状を決められるようになったって感じかな」

「まあー」

「まあ～」

興味津々《きょうみしんしん》な令嬢方に対して、希美香は今日のお礼も兼ねて余興《よきょう》を行《おこな》う。

「ちょっとやってみようか？」

席を立って芝生《しばふ》の地面に手を付いた希美香は、お茶会にちなんで『しずく形』の宝石をイメージした。手の平にもぞりとした感触があり、人数分の石が引き寄せられたのを確認して拾い上げる。

「こんな感じ」

「まあ！」

「水滴の形をしていますわ」

「綺麗な水色をした宝石のしずくなんて……素敵ですわぁ」

透明感のあるしずく形の宝石を白いテーブルの上に置くと、透過した光が宝石の周りを水色に染めた。これをプレゼントすると言われて、令嬢方はキャイキャイと目を輝かせる。

「この大きさと形なら、素敵なネックレスになりそうですわ」

「ブローチという手もありますわね」

「腕輪にするのも良いですわ」

そんな調子で盛り上がっている令嬢方から感謝されつつ、お茶会はお開きとなった。

「おまたせ、ユニ」

「お疲れさまでした」

割と有用な情報が得られたお茶会の後、ユニと合流して部屋に戻る途中の希美香に、珍しくルインが話し掛けてきた。

「お前、派閥《はばつ》の事とか調べてるのか？」

「うん？　派閥《はばつ》の事というか、人間関係の繋がり全般かな」

そう答えた希美香に、ルインは言い聞かせるような口調で告げる。

「あんまりそういうのに首を突っ込むな。面倒な事になる」

「あらー？　心配してくれてるのー？」

ルインの忠告を意外に思った希美香が、サータスのモノマネで茶化すと、ルインは少し声を荒らげた。

「そうじゃねーよっ、生半可《なまはんか》な考えで権力の世界に手ぇ出すと、碌《ろく》な事にならねーからやめとけって言ってんだ」

「なんだ、やっぱり心配してくれてるんじゃない」

さらっと返す希美香に対し、ルインは言葉に詰まる。その様子に少し微笑んだ希美香は、労《ねぎら》うように言った。

「私なりの考えがあって動いてる事だし、気を付けるから大丈夫だよ。ありがとね」

「……ふんっ」

結局そっぽを向くルイン。だが、彼が素っ気ない態度を取りながらも身を案じてくれている事が分かって、希美香は何だか心強く感じた。


自室に戻ってきた希美香とユニは、就寝前の日課となった一日のお浚《さら》いを始める。

「今日分かったのは、トレクルカームの戦局と、ルインさんが割と味方だった事かな」

「彼が忠告してきたのは意外でしたね」

もっと無関心を貫《つらぬ》くのかと思っていたが、彼なりに希美香の事を気に掛けているようだ。確かに権力が絡《から》む世界に素人《しろうと》が迂闊《うかつ》に触れるべきではないが、希美香が貴族間の派閥《はばつ》を調べているのは、あくまで元の世界に還《かえ》る手掛かりを探すためである。

誰に何を聞けば良いのか知るためには、誰が何を知っているのかを把握する必要がある。どんな層のどんな人達が、どんな情報を持っているか、それを確認しようとしているのだ。

「まあ、変に勘繰《かんぐ》られないように気を付けないとね」

「そうですね」

何もやましい事はしていないのだから、情報を聞き出す時は自分の目的も明確に知らせるようにしようと心掛ける希美香なのであった。

第九章　半月の騎士とお転婆《てんば》姫

夜中、希美香はふと目を覚ました。カーテンの隙間《すきま》から窓の外を覗くと、薄《うっす》らとした月明かりが見える以外は、ほぼ暗闇が広がっている。夜明けまでは、まだ時間がありそうだ。

(変な時間に起きちゃったな)

やけにスッキリ目が覚めてしまった希美香は、ベッドを降りて寝室から広間に出た。壁に備え付けの鉱石ランプが、補助灯のように淡い光を放っている。何となくストレッチなどして適当に身体をほぐすと、テラスに出て月を見上げた。

(今日は半月か……)

近頃は引き寄せる宝石の種類もコントロールできるようになってきた希美香。ちょっと今夜の月にちなんだ宝石でも引き寄せてみようかと部屋を出る。

少し庭園に出るだけなので、護衛はいらないかなと思いつつも、一応声を掛けてみる。

「誰か居る？」

暗い廊下に呼び掛けると、ブラムエルがスッと現れた。すぐ隣に小さい待機部屋があるのだが、もしや昨日からずっと詰めていたのだろうか。希美香の疑問にブラムエルが答える。

「いえ、私は今来たところです」

待機部屋には三人のうちの二人が常駐し、一人が交代で休むようになっているという。ブラムエルはついさっきまで休んでいて、丁度アクサスと交代したところらしい。

そして、面倒くさがりのルインがこんな夜更《よふ》けの呼び掛けに応じる訳も無く、ブラムエルが一人で出動してきたという次第であった。

「そうなんだ？　それならこっちも丁度良かったかも」

ルインはともかくとして、アクサスには何やら企《たくら》んでいるような節《ふし》があるので、彼とはあまり二人きりになりたくないと希美香は言う。ブラムエルは、特に反応を返さなかった。

一階に下りて庭園に出ると、希美香はさっそく地面に手を付いて引き寄せを始めた。カンテラを持ったブラムエルが傍《そば》に立つ。

希美香は、半月を象《かたど》った緑色の宝石を思い浮かべた。平たくて、そのままブローチやペンダントに使えそうな物を意識する。

「ん、出来た——けど、ちょっと大きかったかな」

地面から平たい半円形をした緑色の宝石を掘り出した希美香。形状を意識し過ぎたせいか、少々大き目の手の平サイズになってしまった。

先日のお茶会で掘り出したしずく形の宝石は、指先サイズを意識していたので、丁度良い形と大きさになったのだが。少し反省しつつ、パタパタと土を払いながら立ち上がり——

「ん？」

ふと、ブラムエルのマントの留め具が目に入る。身長差が結構あるので、ブラムエルと正面から向き合うと、目線が丁度彼の胸元に来るのだ。

「そう言えばここの部分の模様って、ルインさんのともアクサスさんのとも違うね」

盾の形をした留め具で、地金の装飾に加えて小さな宝石も埋め込まれている。覗き込むようにしながら訊《たず》ねる希美香に、ブラムエルは「ここには家紋が入りますので」と答えた。

「家紋かぁ。ブラムエルさんの家紋は……これって半月？」

「ええ」

〝主《あるじ》の道覆《おお》う闇を和《やわ》らげ、行く先を照らす光となりつつも、常に主《あるじ》の影であれ〟

ユースアリ家には、そんな家訓があるらしい。縁の下の力持ち的なポジションをキープする事で、どんな主君の下でも安定して家系を存続できるという、ユースアリ式の処世術《しょせいじゅつ》が込められているそうな。

「んー、それならこれあげる」

大きさも良い感じだからと、半月を象《かたど》った緑色の宝石をプレゼントする希美香。あまりにも唐突過ぎて流石《さすが》に面食らったのか、ブラムエルはいつもの無表情を困惑したものに変えた。

だが、婚約者候補の一人でもある彼に、希美香からの贈り物を断る理由はない。勿論《もちろん》、希美香に単なる贈り物以上の意図が無い事も、彼には分かっていた。

まだ短い付き合いとは言え、護衛任務を通して希美香の言動を注意深く観察してきたブラムエル。何かのお礼や、ただの気まぐれで高価な宝石や貴金属を贈る事はあるが、相手に取り入るなどの目的で贈り物をする事は無いと認識していた。

それでも贈られた相手は喜ぶし、周囲にも価値ある物として扱われるので、その評価に従って自身の力を活用している。ブラムエルは、希美香の事をそう分析していた。


宝石を受け取ったブラムエルは、ハッと顔を上げて庭園の一角に視線を向けた。並木の根元を覆《おお》う茂みが微《かす》かに揺れる。

無言で一歩踏み出したブラムエルが腰の剣に手を掛けながら、建物の中へ入るよう希美香を促《うなが》す。

「え？　なに？　どうしたの？」

「何かいます。お下がりください」

ブラムエルは希美香を背中に庇《かば》いつつ、茂みに向かって叫んだ。

「そこに居るのは誰か！」

そのよく通る大きな声に、思わず肩をビクッとさせる希美香。普段無口なイメージがあるせいか、いつもと違う雰囲気のブラムエルに、『非常事態』だと感じたのかもしれない。

直後、茂みから小さい女の子が顔を出して、口に指を当てながら「しーっ！」と言った。

「私だっ、大声を出すな！（ひそひそー！）」

なんと茂みに潜《ひそ》んでいたのは、謁見《えっけん》の間で見た事のあるお姫様、第三王女のサリィスであった。

呆気《あっけ》にとられたブラムエルがリアクションに困っている後ろで、希美香が代わりに訊《たず》ねる。

「ええー、王女様がこんな夜中にそんな場所で何してるの？」

ブラムエルが戸惑いながら希美香を振り返り、『そう、それだ』と言いたげに頷《うなず》く。

サリィスは茂みから這《は》い出てくると、頭に付いた葉っぱを払いながら「ちょっと散歩していただけだ」と答えた。どうやら部屋を抜け出してきたらしい。なかなかのお転婆《てんば》ぶりである。

「それよりもキミカ！　お前の錬金術の噂はよく聞いているが、さっきのがそうなのか？」

半月形の宝石を引き寄せるところを見ていたらしく、サリィス姫は興奮気味に訊《たず》ねてきた。別に話を逸《そ》らそうとしている訳ではないようだ。

「錬金術というか、転移のオマケで付いてきたらしい彷徨《さまよ》い人《びと》の特殊能力かな？」

「ふむ？　よく分からんが……私にも何か出して見せてくれ！」

わくわく顔で要求してくるサリィス姫に対し、希美香は腕をクロスしてバツ印を作る。

「ぶっぶーっ、夜遊びしてる悪い子には何も出してあげませーん」

「えーーーっ」

そんな希美香とサリィスのやり取りに、ブラムエルはただただポカンとしていた。

相手は王族の姫君だ。それも、六人いる王女の中でもトレク王から特別に可愛がられている第三王女である。普通なら多少は媚《こ》びようとしそうなものだが、希美香には全くそんな素振りがない。

しかし、それはブラムエルの希美香に対する分析が正確であった事をも示していた。

とりあえず、一時的にサリィス姫を護衛対象に加えたブラムエルは、二人のやり取りを横目に周囲を警戒した。

「それじゃあ、庭園でお茶会やる時にでも何か出してあげる」

「本当か⁉」

希美香はサリィス姫に『いい子にしてたら望んだ形の物を掘り出す』と約束した。

宝石や貴金属の種類や形状を、ある程度コントロールできるようになってきたので、その実験も兼ねてサリィス姫の欲しい『装飾品』を引き寄せてみると提案する。

「あんまり細かい装飾とかは無理だと思うけど、そこその形になら出来ると思うから」

「おおう、面白そうだなっ、楽しみにしているからな！」

サリィス姫は、欲しい物を考えておくと言って、自分の部屋へ戻っていった。本来なら、王宮を抜け出して夜の城下街まで遊びに行く予定だったらしい。

お転婆《てんば》姫を見送った希美香も、そろそろ帰ろうかと欠伸《あくび》をしながら自室に足を向ける。ブラムエルと並んで廊下を歩く希美香は、独り言のような口調で訊《たず》ねた。

「さっき姫様、荷物も何も持ってなかったよね」

「……？」

「服も薄手の寝間着《ねまき》一枚だったし。流石《さすが》に裸足《はだし》じゃ無かったけど、あれで城下街まで行くつもりだったのかな？」

「……まあ、確かに」

ブラムエルは、希美香の疑問に対して『姫様の世間知らずぶり』を指摘したいのだろうと考えた。

しかし、次の一言でそんな緩《ゆる》い思考が吹き飛ぶ。

「姫様が部屋を抜け出すのって、そんなに簡単なの？　誰か手引きした人がいるんじゃないかな？」

「っ……！」

王族の部屋は上層階に位置しており、部屋の内と外に加え、通路にも衛兵が配置されている。深夜といえど、小さい王女が一人で抜け出して誰にも見咎《みとが》められず、庭園まで下りてこられるとは思えない。

「一人で夜の街に遊びに行くなんて、いくら何でも非常識だし――王宮の外で誰かが待ってたりして」

「……その可能性は、考えていませんでした」

戦の真っ最中である現在。敵国に通じる勢力が王国の上層部に潜《ひそ》んでいる事実は、ブラムエルも知っている。王女の誘拐などが起きてもおかしくはない。

「まあ、私の考え過ぎなら良いんだけどね」

「いえ、勉強になりました。どうやら気が緩《ゆる》んでいたようです」

希美香を部屋まで送ったブラムエルは、「ご忠告感謝いたします」と言って踵《きびす》を返すと、そのまま足早に去っていった。どうやら衛兵の詰め所に向かうようだ。王宮周辺の見回り強化や、今現在、警備に就《つ》いている衛兵の身辺調査を進言するつもりらしい。

ブラムエルの生家であるユースアリ家は、家訓にもある通り、あまり目立つ立ち回りはしない。

とは言え由緒ある軍閥《ぐんばつ》の家系なので、王都の騎士団や下級兵士を含め軍部には顔が利くらしい。

お転婆《てんば》姫の『王宮抜け出し夜遊び作戦』を手引きした者が、実際に居るのか居ないのか。それについては、また今度ブラムエルに聞いてみようと予定を立てる。

一つ息を吐《つ》いた希美香は、寝室に戻ってベッドに転がり目を閉じた。ちょっとした散歩のつもりだったのだが、なかなか濃いイベントに遭遇してしまった。

（また明日、ユニにもお話ししてあげよう）

そうして夜明けまでの僅《わず》かな時間、再び眠りに就《つ》く希美香なのであった。

翌日。

希美香は昨晩の事を、朝食の席でユニに話した。ユニは、「ボクが寝ている間にそんな事がっ」と驚いている。

「それって結構大変な事ですよね？」

「そーなのよー」

しばらくそのネタを話題にしつつ着替えを済ませると、王宮図書館に向かうべく部屋を出る。今日の護衛を担当するルインが、部屋の前で顔を合わせて早々、珍しく彼の方から話し掛けてきた。

「ブラムエルの奴が朝まで帰ってこなかったんだが、何があったんだ？」

「ああ、その事？」

希美香は昨日の夜の出来事を、掻《か》い摘《つま》んで説明した。

「またお前は……そういうのに首突っ込むのはやめとけって言ってるだろ！」

「別に突っ込んじゃいないわよ。大体、昨夜の事は不可抗力でしょ！」

頭ごなしなルインの説教にプンスカと反論してから、希美香はふと考える。

(でも……何であの時、目が覚めたんだろう？)

希美香が昨夜、あのタイミングで散歩に出なければ、サリィス姫は行方不明になっていたかもしれないのだ。単なる偶然か、あるいは虫の知らせのような力が働いたのか。

ここは魔法が存在する世界であり、自身にも奇妙な能力が備わっている事を考えると、後者であった可能性も考えられる。

「どうした？」

急に何か考え込むような素振りを見せた希美香に、ルインは眉を顰《ひそ》めて小首を傾げた。

「まあいいや。いこっか、ユニ」

「あ、はい、キミカ様」

スパッと話を終わらせて歩き出す希美香に、ユニは粛々《しゅくしゅく》と付き従う。困惑の色を浮かべたルインは、「何が『まあいい』のか分からん」と、相変わらず小首を傾げていた。

そんなこんなで、歩き慣れた中庭沿いの廊下に差し掛かった時、庭園に集《つど》ってお茶会をする令嬢達の様子が見えたのだが――

「キミカー！」

「ぶっ」

しれっと交ざって手を振るサリィス姫に名前を叫ばれ、希美香は思わず噴き出した。

「なんつー行動力してんの、あの姫様」

「す、凄いですね」

昨日の今日というか、昨夜の今朝で『庭園でお茶会やる時にでも』という約束の条件を揃《そろ》えてきた姫君に、呆れるやら驚くやらな希美香。その後ろでユニも感心している。

自分で開いたお茶会なのか、たまたまこの時間に集まっていたところへ飛び入り参加したのか。とりあえずそのお茶会グループに呼ばれた希美香は、さっそくサリィス姫から『図案』を渡された。

「これは？」

「私が考えた『最高に素敵な腕輪』の想像図だ」

そんなサリィス姫の返答に、希美香はちょっと微笑ましくなる。

「まあ、約束だから引き寄せてみましょうかね」

サリィス姫直筆《じきひつ》の想像図を参考に、希美香はそれに合う宝石と貴金属を特定の形状で思い描きながら引き寄せに掛かった。

お茶会に同席している（と言うよりサリィス姫に巻き込まれた？）他の令嬢達も注目する中、庭園の地面から掘り出されたのは、銀色の蔦《つた》が絡《から》む薄紅色の宝石付き腕輪。

しかし、掘り出した腕輪を手に希美香は唸《うな》る。

「うーん……形がイマイチかなー」

装飾のメインとなる『ピンクサファイア』と、一緒に引き寄せた『銀』を組み合わせて腕輪にしたのだが、蔦《つた》のデザインが上手く再現できておらず、あまり形がよろしくない。

まるで子供の落書きが具現化したかのような形状に、希美香は「まだまだ思い通りにいかないなぁ」と少し残念に感じていた。しかし、依頼主のサリィス姫は大喜びしている。

「一応、後で細工《さいく》職人さんに直してもらってね？」

「私はこのままでも良いと思うがなぁ」

王女様が歪《ゆが》んだ腕輪を身に付けるのは問題だろうと、希美香はプロによる手直しを勧めるも、サリィス姫は自分の想像図そのままの腕輪を気に入っている様子。

一方で二人のやり取りを見ていた令嬢達は、とうとう装飾品を加工した形で掘り出すようになった希美香に、ますますお近付きになりたいと思うのだった。


（さて……ここからどうしようかな？）

腕輪の受け渡しイベントが一段落したところで、希美香は違和感を覚えていた。いつものお茶会と違って令嬢達のお喋《しゃべ》りが続かない。いかにも数合わせのために集められた烏合《うごう》の衆といった感じだ。

やはり、『サリィス姫が腕輪をゲットするためだけに開いたお茶会』説が濃厚だが、せっかくなのでもうしばらく寛《くつろ》いでいく事にした。他の令嬢達の存在も気にしつつ、サリィス姫に例の話題を振る。

「そう言えば、昨日の『姫様王宮抜け出しイケナイ夜遊び大作戦』だけど――」

「なんだそのいかがわしい響きのある作戦名は……」

昨晩の事を訊《き》かれて一瞬警戒したものの、妖《あや》しい名称に脱力しているサリィス姫。

希美香はサリィス姫が身体を硬直させたのを見て『訊《き》かれたくない事があるようだ』と推察する

と、微妙に核心を外した質問を繰り出す。

「あんな夜更《よふ》けに街に下りても、遊べるところなんてあるの？」

実は、『協力者の存在』について訊《き》かれる事を警戒していたサリィス姫は、希美香が単に夜遊びできる場所を知りたがっているものと安心して質問に応じた。

「お金を賭けてカードをやったり、色々な動物を戦わせたり競争させたりする遊び場があるのだ」

「ああ、カジノみたいな施設ね」

なるほどと頷《うなず》いて見せた希美香は、ここで核心を突く。

「でも、そういう場所って子供が一人で入れるの？　王族だって分かれば入れてもらえそうだけど、正体隠してお忍びで行くのよね？」

「それは――まあ、問題無い」

ギクリとしたサリィス姫は、口ごもって視線を逸《そ》らした。

真っ向からの質問なら返答を拒否しただろうが、自然な会話の流れで質問されたので、咄嗟《とっさ》に誤魔化《まか》しきれないでいる。

この辺りはやはり歳相応の女の子だなぁと内心苦笑した希美香は、拒絶されないよう穏便《おんびん》な空気を維持しつつ、ここから一気に畳み掛けた。

「え、まさか勝手に忍び込んだりしてるの？」

「そ、そんな事は――」

焦るサリィス姫を追い込むべく、希美香は強硬手段に出る。

「わーるーいーこーからーはーぼっしゅーしまーすー」

「あっ、あっ、違う違う！　ちゃんと付き添いが居るから大丈夫なのだ！」

じりじりと手を伸ばしてくる希美香から、腕輪をしっかと握って死守するサリィス姫は、ついに協力者の存在を白状した。

希美香は、自分の斜め後ろに立っているユニが緊張するのを感じつつ、遠回しに協力者の特徴を聞き出しに掛かる。

「付き添いって、ちゃんと腕の立つ人なの？　まさか、ただの使用人さんとかじゃないよね？」

賭博場《とばくじょう》なんて荒事が日常茶飯事《にちじょうさはんじ》なのに、護衛も出来ない人間を連れていくような無茶はしてないよね？　という問い掛けに、サリィス姫は昨晩の予定を思い出しながら答える。

「それは抜かりない。戦場に出た経験もあるという兵士が二人も居たからな」

「え？　昨日周りに誰か居たっけ？　——ああ、お城の外で待ち合わせしてたのか。でも、二人だと心許《こころもと》ないわね……」

「いや、案内人の従者も含めて三人だ」

サリィス姫の答えを聞いた希美香は、この会話が何でも無い事であるかのようにお茶を一口啜《すす》ると、さり気なく確認作業に入る。

「従者一人と護衛二人か……まあ、それなら大丈夫かな」

「う、うむ」

希美香の誘導尋問に乗せられて協力者の内訳《うちわけ》を話してしまったサリィス姫は、今さらながら『コレは喋《しゃべ》っても良かったのだろうか』と不安になっているようだ。泳ぎがちな視線からそんな心情を読み取った希美香は、少し話題を変えてやる事にした。

「外で遊びたいって気持ちは分かるけど、たとえ誘われてもお忍びで王宮を抜け出すのは控えた方がいいと思うわ。姫様の我《わ》が侭《まま》一つで、沢山の人に迷惑が掛かっちゃうからね」

「迷惑？」

我《わ》が侭《まま》と言われて少し剥《む》れたサリィス姫は、自分のお忍びでどんな迷惑が掛かるのかと具体例を求める。

希美香は、幼い姫様の感情に訴え易い方法で説明した。

「とある国の城下街に、病気の妹を抱える下《した》っ端《ぱ》兵士がおりましたとさ――」

唐突に始まった、昔話風な語《かた》り部《べ》口調の『たとえ話』に、サリィス姫はキョトンとしながらも耳を傾けた。

――今日は待ちに待った給金で薬を買ってやれる日。最近身体の調子を崩している妹のために、仕事を終えた下《した》っ端《ぱ》兵士は急いで帰ろうとしていた。ところが、そこへ緊急の任務が入る。

『姫様が王宮で行方不明になった。街に下りているかもしれないので早急に探せ』

姫様の捜索に駆り出された下《した》っ端《ぱ》兵士は街中を走り回り、結局朝まで帰る事が出来なかった。ようやく薬を持って家に帰り着いた時、そこには冷たくなった妹の姿が。

『ああ、昨夜のうちにこの薬を飲ませていれば……』

妹の死に目に会えなかった下《した》っ端《ぱ》兵士は、大層悲しんで涙を流したという――

「そ、そんなつもりはなかったのだー！」

話にのめり込んでしまい、あうあう言ってるサリィス姫を「あくまで例えばの話だから」と苦笑しながら宥《なだ》める希美香。

（やっぱりいい子だわ、サリィスちゃん）

そこからは、協力者についてもう少し突っ込んだ話を聞き出せた。どうやらサリィス姫は、以前から相手を問わず『お忍びで遊びに行きたい』と相談していたらしい。

大抵は宥《なだ》められたり諫《いさ》められたり、または聞こえないふりで流される場合がほとんどだった。だが先日、そんなサリィス姫に『お忍び計画』を持ち掛けてきた者が居たという。

「名は明かせぬが、その者が色々準備してくれると言うのでな」

「あー、それで話に乗っちゃったのね」

こくりと頷《うなず》いたサリィス姫は、先程のたとえ話が効いたのか「もう軽率《けいそつ》な事はしないと約束する」と言って大人びた表情を見せた。

何だかサリィス姫が成長した瞬間を見た気がする、希美香なのであった。

何となく厳粛《げんしゅく》な空気になり、皆が沈黙していたその時。希美香は廊下の柱にもたれているルインの向こう側に、立ち去るブラムエルの後ろ姿を見つけた。

「っ！　急用を思い付いたから、私そろそろ行くね」

「ん？　そうか。キミカはいつも忙しそうだな」

少し慌ただしく席を立った希美香は、それではご機嫌ようとお茶会の場を後にした。

宝石のプレゼントが無くて少々残念そうにしていた令嬢達には、後で何かしらフォローを入れておく事にする。

小走りで廊下まで戻ってきた希美香に、ルインが怪訝《けげん》な顔を向けた。

「なんだ？　どうかしたか？」

「ブラムエルさんは？」

「あん？」

ルインは、ブラムエルが近くを通った事に気付いていなかったようだ。

柱に寄りかかって暇そうにしていたルインだが、その実、護衛としてずっと希美香の様子に意識を向けていたため、自分の周囲には気が回っていなかったらしい。

とりあえず、希美香はブラムエルを追い掛けるべく駆け出した。

「あ、いたいた、ブラムエルさーん！」

王宮図書館に向かう廊下を進み、いつもと違う角を曲がったところでブラムエルに追いついた希美香は、大声で呼び止める。

「キミカ殿、どうしました？」

「さっきのサリィス姫の話、聞いてた？」

希美香は、サリィス姫が見せた『訊《き》かれたくない事がありそうな態度』から、王宮の衛兵達は昨晩の協力者について聞き出せておらず、ブラムエルも情報を得られていないのではと考えていた。

そして、その推測は当たっていた。

「ええ、おかげで協力者の目星も付けられそうです」

実はブラムエルは、朝から姫様を尾行してその動向を探っていたという。そこへ現れた希美香とのやり取りを聞いて、協力者の手掛かりを得られたのだ。

「先程の情報を元に、該当する人物を集めて尋問しようと思います」

「まってまって、それやるとサリィスちゃんが悲しむ」

協力者の早急な洗い出しに動くブラムエルを、希美香はそう言って止めた。しかし、ブラムエルはいつもの丁寧な口調ではなく、突き放すような言い方で牽制《けんせい》する。

「姫君の心情を考慮して、敵国の工作員かもしれない相手を見逃せと？　御冗談を」

これ以上希美香をこの件に関わらせるつもりが無いブラムエルは、毅然《きぜん》とした態度で要求を撥《は》ね付けようとした。

罪人を庇《かば》い立てするような言動を取れば、トレク王に一目置かれている彷徨《さまよ》い人《びと》だとて、咎《とが》を受ける危険性がある。これは希美香に対するブラムエルなりの思いやりのつもりだったのだが――

「そうじゃなくて、そんなあっさり尻尾《しっぽ》を切らせていいの？」

「尻尾《しっぽ》？」

言葉の意味が分からず、怪訝《けげん》な表情で小首を傾げるブラムエル。希美香の後ろに立っているユニとルインも同じような顔をしていた。そんな彼等に、希美香は自分の考えを説明する。

「もし悪意のある第三者が裏で糸を引いてたんなら、バレてもいいように下《した》っ端《ぱ》を使ってるに決まってる。黒幕にはまず辿《たど》り着かないし、次からはもっと狡猾《こうかつ》にやるでしょうね」

わざわざこちらからハードルを上げる事は無い。協力者の目星が付いているのなら、泳がせてその人物の周囲を探り、黒幕に近いメッセンジャーが接触してくるのを見張った方がいい。希美香はそう訴えた。

ブラムエルは驚き、そして問い掛ける。

「貴女は……元の世界では密偵《みってい》だったのですか？」

「ただの一般人だよ。だけど、私の住んでた世界では――」

希美香は元の世界の情報通信システムである、インターネットについて説明した。ネット上に溢《あふ》れる情報や、それによる知識の共有化。その恩恵を受けていたから、陰謀めいた流れも上辺だけなら大体分かるのだと。

「直《ただ》ちに検挙する事で、相手にこちら側の諜報《ちょうほう》能力を誇示《こじ》して牽制《けんせい》できるかもしれないけど、ただ闇雲《やみくも》に怪しい人を引っ張ってきて尋問みたいな事しても、それを逆手《さかて》に取られて偽《にせ》情報を掴《つか》まされる可能性もあるし」

「な、なるほど……確かに」

何だか素《す》で感心されてしまい、少し居心地の悪さを覚えた希美香は、照れ隠しも兼ねて本音を語って誤魔化《ごまか》す。

「ま、まあ、所詮は素人《しろうと》のアドバイスだから、参考程度に考えておいて？　サリィスちゃん、本当にいい子だから、自分の夜遊びに付き合わせた人が罰せられる事を心配してるみたい」

「……分かりました。調査は慎重に進めていくよう上にも進言します」

希美香の心遣いを汲《く》み取ったのか、先程の話を聞いて思うところがあったのか、ブラムエルは捜査の方針を見直す事を明言した。

「ありがとう、ブラムエルさん」

「いえ」

にっこり微笑んでお礼を言う希美香に、いつもの淡々とした調子で返すブラムエル。ひとまず、ホッとする希美香なのであった。

廊下の陰で時に真剣に、時に微笑を浮かべながら話し合う二人の様子は、傍目《はため》には非常に親密に見えたそうな。

第十章　創造精製能力《クリエーティブ・プリフィケーション》

深夜。所々に篝火《かがりび》の灯りが揺れる王都ハルージケープ。

月明かりに照らし出された王宮の上層階にて、就寝前のゆったりした寝間着《ねまき》姿のトレク王と、勲《くん》章《しょう》が沢山ついた豪奢《ごうしゃ》な衣装の老紳士が、厳《おごそ》かな雰囲気で向かい合っていた。

トレク王がおもむろに訊《たず》ねる。

「アレの様子はどうだ？」

「何事もなく、健《すこ》やかに過ごしておいでのようで」

厳密に言えば、先日は少し騒ぎを起こしたようだが、おかげで敵国に通ずる者達の炙《あぶ》り出しも捗《はかど》っている。

そう答えた老紳士――カフネス侯爵は、脳裏《のうり》に浮かべた件《くだん》の少女に慈《いつく》しむような目を向けた。それが当人に届く事は、決して無いと知りつつも。

「ふむ……他の姉妹達には、いつ話すべきか」

「これまで通り、成人してからでよろしいのではないかと」

愚問《ぐもん》だと自覚した上でのトレク王の問い掛けに、迷いなく結論を出すカフネス侯爵。トレク王は、少し沈んだ表情で溜め息を吐《つ》いた。

「やはり、そこは変えられぬか……」

そう呟《つぶや》いて、しばし黙祷《もくとう》するように沈黙するトレク王。その心中を察したカフネス侯爵も、対面で静かに目を伏せる。やがて、トレク王が再び口を開いた。

「もうすぐ『時期』が来る……あの娘は、何か行動を起こすだろうか」

「分かりませぬな。読めない、と言った方が正しいかもしれませんが」

生活に不自由はさせておらず、伴侶《はんりょ》に選んでも構わない家柄の者を傍《そば》に仕えさせている。その者達との関係も良好で、最近は親密さを噂されるようになっていた。

しかし、周囲の期待や注目などどこ吹く風とばかりに、本人は情報収集に終始しており、色恋沙《いろこいざ》汰《た》とは程遠い日々を過ごしている。

「ふむ……元の世界に還《かえ》る事を諦《あきら》めてはいないようだな。まあ、それはそれで構わぬ。永く我が国に居ついて、あの力で財政を潤《うるお》わせてくれれば、それで良い」

件《くだん》の彷徨《さまよ》い人《びと》をあくまで富を生むだけの部外者として扱おうとするトレク王の考えに、カフネス侯爵は『改革者』としての資質も感じられる事を強調した。

「あの彷徨《さまよ》い人《びと》が、このトレクルカームの地で作物の収穫に成功した事実は、重視しておくべきでしょう」

「うむ……過大な期待は掛けられぬが、もしあの娘が、アレを救ってくれるなら――」

トレク王とカフネス侯爵による極秘会談、あるいは旧知の友との気晴らしの対話は、明け方まで続いたのだった。


陽光に煌《きら》めく宝城壁に囲まれた、王都ハルージケープ。絢爛《けんらん》な衣装に身を包んだ貴族達の行き交う王宮は、戦の不穏な影さえ感じさせない。

『異界の錬金術士・彷徨《さまよ》い人《びと》キミカ』を射止める貴公子は誰になるのか。そんな話題が囁《ささや》かれている今日この頃。

先日のお茶会にて、急に席を立った希美香がブラムエルを追っていく姿を見たサリィス姫が「キミカはユースアリ家の嫡男《ちゃくなん》と仲が良いようだ」などと吹聴《ふいちょう》したため、周囲から『お付き合いの可能性が濃厚』として注目を浴びる羽目になった。

ブラムエル自身も、マントの留め具に希美香から贈られた宝石をはめ込み、しっかり身に付けているので、余計その噂の信憑性《しんぴょうせい》が増している。

一方で、サータス魔導具総合本店との繋がりが深い商人系派閥《はばつ》の間では、サータスがルインを推している事もあって、コンステード家が優勢だとも囁《ささや》かれている。

コンステード家とユースアリ家が希美香との親睦《しんぼく》を深めているという噂を受け、ディースプリネ家のアクサスは、当主から『キミカにもっとアプローチしろ』と発破《はっぱ》を掛けられていた。

（とは言え……）

本日の護衛に就《つ》いているアクサスは、どうにも掴《つか》み切れない希美香という人間に困惑気味であった。

当主から命を受け、希美香の護衛に就《つ》いた当初は、適当に任務をこなしながら婚約者候補を演じるつもりだった。しかし、彼女の特殊能力を目《ま》の当たりにしてから、『彷徨《さまよ》い人《びと》の婿《むこ》探し』は単なる余興《よきょう》などでは無いと確信した。

希美香を得る事は、カムレイゼ派の中での発言力をかなり強める要素となる。婚約者候補の面子《メンツ》から考えても、極めて政治的な駆け引きだったのだ。

カムレイゼ派の中でも強硬派に属するディースプリネ家の次男アクサスと、同じくカムレイゼ派だが穏健《おんけん》派に属するユースアリ家の嫡男《ちゃくなん》ブラムエル。コンステード家のルインは中立派で、三男な上にやる気の無い彼は、恐らく無害枠として加えられている。

ディースプリネ家とユースアリ家という、カムレイゼ派における強硬派と穏健《おんけん》派の主権争い。そこに中立派のコンステード家が交ぜられたのは、あまりにもあからさまな内部対立の印象を少しでも和《やわ》らげようとしたのだろう。

魔導士のサータスが面白がってルイン推しなどしたせいで、外野が少々騒がしくなっているが、これはあくまで出来レースのようなモノ。強硬派と穏健《おんけん》派のどちらが勝っても、カムレイゼ派に損は無い。

しかしながら、アクサス個人の感情として、策を弄《ろう》した挙句《あげく》に女性の一人も射止められないのは、それはそれで癪《しゃく》でもある。

(どうすればキミカの興味を惹《ひ》けるのか)

異世界人だとて同じ人間。最初に会った頃は、そんなに気負うほどの相手では無いと侮《あなど》っていた。優しい言葉と気遣いで距離を詰め、甘い囁《ささや》きで簡単に落とせると思っていたが、それは大きな誤りだった。ルインやブラムエルから話を聞いた限り、想像以上に聡明な女性らしい。

彼女を知ろうと観察すればするほど、見透《みす》かされている感があってアプローチを躊躇《ためら》う。本当にこのやり方で大丈夫なのか。融和《ゆうわ》派のアズタール家の嫡男《ちゃくなん》を利用しようとした時のように、工作失敗で醜態《しゅうたい》を晒《さら》しはしないか。そんな不安が付き纏《まと》う。

その希美香は現在、王宮図書館の巨大な本棚に囲まれた読書用テーブルにて、並んで座るユニに本を読んでもらっている。

ぼしょぼしょと小声でやり取りしている彼女達を、アクサスがぼんやり眺めていると、ふいに顔を上げた希美香がこちらを向いた。

「そう言えば、アクサスさん」

「どうしました？」

希美香の方から話し掛けてくるとは珍しいと思いつつ、普段通りに優しい口調を心掛けて応《こた》える。

「この前の、ナントカ・アズターーールって人居たじゃないですか」

「ルタシュ・アズタールですね」

どうやら件《くだん》の人物が名乗った時の、巻き舌で『ターール』の印象が強くて名前を忘れてしまったらしい。アクサスは苦笑しながら正しい名前を教えてやった。

「そうそう、ルタシュさん。あの人ってどういう立場の人なの？」

「立場、と言いますと？」

具体的に何が聞きたいのかを訊《たず》ねるアクサスに、希美香は顎《あご》に指など当てて考えるような仕草を見せつつ答える。

「ん～～、どういう派閥《はばつ》に入っててー、どういう役割を果たしてるかーとか」

「ふむ、派閥《はばつ》に興味がおありですか？」

アクサスは、ルインが『あいつは余計な事まで知ろうとする』などと言っていた事を思い出し、そういった情報を知りたがる希美香の意図を推し測ろうとした。

「私の、ここでの人生に関わる事だからね」

（なるほど、確かに……）

希美香のシンプルな答えを、アクサスは妥当《だとう》な考え方だと評価する。そこには夢見る箱入り令嬢にありがちな『美貌《びぼう》の貴公子』や『名家の御曹司《おんぞうし》』との恋愛などといった、乙女の願望は微塵《みじん》も感じられない。将来を見据えて選択すべき道を見極めようとしている、現実的で自立した女性の姿があった。

アクサスは、そんな希美香に好印象を抱いた。類稀《たぐいまれ》なる彷徨《さまよ》い人《びと》の『異能』に対する興味が、希美香本人へと移り始めたのだ。

そこで彼は、今の自分の状況を省《かえり》みた。希美香の婚約者候補として、護衛役に選ばれている立場でありながら、他の二人に少々水をあけられている現状。

(同じ派閥《はばつ》のブラムエルや、中立派のルインにならまだしも、完全な対立派閥《はばつ》に与するアズタール家の嫡男《ちゃくなん》などに持っていかれてたまるものか)

とは言え、あまり偏《かたよ》った情報を教えても、真意を見透《みす》かされてこちらの印象が悪くなる。ここは公平に、客観的な事実のみを伝えよう。アクサスはそう判断した。

「アズタール家が所属する融和《ゆうわ》派は、他国との共存共栄による和平を標榜《ひょうぼう》していますが——」

実際のところは、歴史あるトレクルカーム国を大規模な採掘場に見立てて、他国への領地の切り売りを狙っていた。そんな融和《ゆうわ》派を、カムレイゼ派の諸侯《しょこう》は国家の解体に繋がりかねない危険集団と見做《みな》している。そんな内容を、アクサスは希美香に語った。

「アズタール家は、その融和《ゆうわ》派の中枢《ちゅうすう》を占める豪商系の貴族達の傘下《さんか》にある、一般的な貴族家の一つですね」

「ふむふむ。商人系の派閥《はばつ》って事だけど、サータスさんと仲がいい中立派とは関係ないの？」

（よく調べているな……）

やはり偏《かたよ》った情報を出さなくてよかったと感心したアクサスは、融《ゆう》和《わ》派と中立派の違いについて説明した。

「融《ゆう》和《わ》派と中立派は、明確な対立関係とまではいきませんが、主義主張が少し異なります」

中立派は、トレクルカーム国内の採掘権を他国に渡す事には反対している。対して融《ゆう》和《わ》派は、国内の採掘権を他国の業者に売り、その収益の一部を徴収して儲《もう》けを得る事に積極的だ。

「なるほどね、分かり易かったよ。ありがとね、アクサスさん」

「いえいえ」

アクサスに礼を言って、ユニの読み聞かせに戻る希美香。アクサスは、今の説明だけでどこまで正確に把握できたのかが気になった。しかし、熱心に本の内容に耳を傾けている希美香に、声を掛けて邪魔をする気にはなれなかった。

そうしてお昼頃まで王宮図書館で過ごした希美香達は、何冊か持ち出し可能な本を持って図書館を後にした。

昼食も兼ねて自室へと引き揚げる途中、沢山の窓と柱が並ぶ人気《ひとけ》の少ない廊下にて――

「微睡《まどろ》む王宮を行く異郷の乙女。その胸に抱く英知の結晶に求めるは、望郷の想いか、はたまた明日への道標《みちしるべ》か」

件《くだん》の人物が、いつぞやのように詩を朗読しながら現れた。

「アズタァーールさん、こんにちは」

希美香は、今回は通り過ぎる事無く挨拶《あいさつ》した。『ターール』の部分を巻き舌で伸ばしながら。

「ふふふ、ルタシュとお呼びください」

ルタシュはそう言って優雅に礼を執《と》って見せる。巻き舌の部分にはあえてツッコまないようだ。

「丁度良かった。ルタシュさんに聞きたい事があるんですよ」

「「えっ」」

希美香の言葉に驚くルタシュ。アクサスやユニも思わず声を揃《そろ》えた。そんな三人の様子を尻目に、希美香は先程アクサスから得た情報をさっそく活用する。

ルタシュのアズタール家が属する融和《ゆうわ》派の豪商系貴族達は、国外の業者と深い繋がりがある。で、あるならば――

「ルタシュさん、他所《よそ》の国の情報に詳しい？」

トレクルカーム国だけでなく、もっと色々な国に伝わる『彷徨《さまよ》い人《びと》に関する情報』を仕入れたいのだと希美香は言う。

「サータスさんと親しい商人さん達とは、また客層が違うと思うし、色んな筋から情報を集めたいの」

「そ、そういう事でしたら、勿論《もちろん》協力いたしましょう！　国外の『彷徨《さまよ》い人《びと》』に関する情報収集は、我がアズタァーール家にお任せあれ」

ルタシュは、希美香と交流する正当な理由が出来たとばかりに、派閥《はばつ》の伝手《つて》を利用する算段を付け始めた。このチャンスを活かして希美香とより親密になるべく、情報集めに動く事を約束する。

満足した希美香はその場で中庭に出ると、地面から宝石を引き寄せた。

「じゃあ、お近付きの印にこれどうぞ」

アズタール家の家紋には『角笛』が描かれているので、角笛形の宝石をプレゼントする。

この行為により、希美香が融和《ゆうわ》派の窓口にアズタール家を指名したと認識される事になるのだが、それはまた少し先のお話である。

「ではまた後日、お逢いいたしましょう」

「うん、よろしくー」

大きな成果を得られてホクホク顔のルタシュは、使用人《ユニ》と並んで様子を覗《うかが》っていたアクサスに、勝ち誇った表情を向けて去っていく。しかし、アクサスもこの一件で希美香の興味を惹《ひ》く手掛かりを得たと、余裕の笑みを浮かべていた。

(そうか、分かったぞ。情報だ。彼女は今、何よりも情報を欲しがっている)

アクサスにとって、こんな女性は初めてだった。

立場上、これまで接してきた女性の傾向が偏《かたよ》っていた事は否《いな》めないが、ここまで面倒くさくもなく、純粋に興味を惹《ひ》かれる女性に出会ったのは、いつ以来だろうか。

(彼女はまだ、還《かえ》る事を諦《あきら》めていない。還《かえ》られては困るが、キミカのために様々な彷徨《さまよ》い人《びと》の情報を得る事は、彼女を知る上でも無駄にはならない)

婚約者候補を演じながらの護衛任務は、カムレイゼ派の茶番としか思っていなかったが、少し楽しくなってきた。アクサスがそんな事を考えていると、ルタシュを見送った希美香が振り返って言う。

「アクサスさんも欲しい？」

一瞬、聞き逃しそうになって動揺したが、何とか平静を保つアクサス。

「頂けるのであれば」

微笑みを浮かべつつ答えると、希美香はアクサスのマントの留め具をじっと観察した。ディースプリネ家の家紋に描かれているのは『祝福の鐘』。

「こんな感じかな？」

中庭の地面から新たに鐘形の宝石を掘り出した希美香は、それをアクサスにプレゼントした。

これには『アクサスから得られた派閥《はばつ》の情報によって、ルタシュに情報提供の約束を取り付けた事へのお礼』という意味合いがあるのだが、アクサスはこれでブラムエルとルインに対する後《おく》れを取り戻せたなどと考えていた。

昼食後は図書館から持ち出した本をユニに読んでもらいながら、部屋でノンビリ過ごす。『情報収集と情報整理、時々誰かと交流』というのが、ここ最近の希美香の一日となっていた。

「今日はまた新しい情報源が増えたし、ちょっとずつこの国の事も分かってきたかなー」

「そうですね。でも、対立する派閥《はばつ》の人達と交流するのは、少し不安です」

希美香は情報収集の幅が広がって先行き明るいと楽観的だが、ユニは派閥《はばつ》間のイザコザに巻き込まれる可能性を危惧《きぐ》していた。ルタシュとの初対面の時から少し陰謀めいた雰囲気を見せるアクサスの事も気になるという。

「さっきルタシュ様が立ち去る時のアクサス様とか……何か薄《うっす》ら笑みを浮かべてて怖かったですし」

「ふーむ、意外とムッツリ属性があるのかも？」

割と近い場所に居ながらも、本人のあずかり知らぬところで散々《さんざん》な言われようをしているアクサスなのであった。

翌日。一部の使用人や衛兵達を除いて、まだ多くの人々が微睡《まどろ》む早朝の刻。

希美香の部屋がある王宮の二階、護衛の待機部屋にルインがやってくると、アクサスとブラムエルが何やら揉めていた。

「貴殿はキミカ殿を誤解している」

「彼女は聡明だよ。いつまでも以前のままという訳にもいかないだろう？」

二人は希美香に対する認識と、今後の扱いについて議論を戦わせていた。二人とも声を荒らげるような様子はないが、ブラムエルには普段あまり出さない感情が見て取れた。

アクサスも、いつも通りの丁寧で穏やかな口調ながら、その主張には熱が籠《こ》もっている。ブラムエルに贈った家紋の宝石には、深い意味は無かったのかもしれないが、アズタール家の嫡男《ちゃくなん》に贈った家紋の宝石は、彼を融和《ゆうわ》派の窓口として認識させた。それは明らかに希美香の故意であり、あれによってアズタール家は、融和《ゆうわ》派の中での発言力を増したのだ——と。

「キミカ様には、相応の役割を担《にな》わせるべきだ。彼女にはその資質も資格もある」

アクサスは希美香が欲する情報を与える事で、その見返りに財力の後ろ盾になってもらうべきという考えだった。派閥《はばつ》間の政治的な駆け引きに積極的に関わらせて、強い立場へ押し上げる。それが彼女のためにもなると言う。

対してブラムエルは、希美香が情報集めをしているのは、あくまで元の世界に還《かえ》るためであると反論する。

「異世界の一般民で在《あ》ろうとしている彼女を、我々の都合に巻き込むべきではない」

ブラムエルは派閥《はばつ》間の問題のみならず、希美香を政治的な駆け引きに関わらせるべきでは無いと考えていた。

「彼女は確かに聡明だが、あくまで一般民だ」

希美香の居た世界は『高度情報化社会』という特異な文明によって、ただの庶民が賢者の如《ごと》く沢山の知識を有しているというが、ただそれだけなのだ。陰謀の渦《うず》巻《ま》く貴族の世界を分かっていない。故《ゆえ》に深く関わらせるべきではない——と。

「君は彼女を過小評価しているよ」

「違う。貴殿は彼女に不要な業《ごう》を背負わせようとしている」

どうにも話に割り込み辛い状況に、ルインは困った顔で頭を掻《か》いた。その時、扉をノックする音が響いて、小柄な人物が覗き込んでくる。

「ねえねえ、何の話？」

ハッと振り返ったアクサスとブラムエルは、半開きの扉に希美香の姿を認めると、ルインに批難《ひなん》の目を向けた。ルインは『しまった』とばつの悪そうな表情で目を逸《そ》らす。

彼は待機部屋にやってきてすぐ、アクサスとブラムエルが希美香の事で言い争っている姿を目の当《ま》たりにした。口を挟める雰囲気では無かったので傍観《ぼうかん》していたのだが、うっかり扉を開いたままにしていたのだ。

声を荒らげていなくとも、白熱した論争はそこそこ大声になってしまう。そのため、自室から廊下に出てきた希美香の耳にも届いたのだろう。

「私の名前が出てたけど」

「何でもありません」

「問題ありませんよ」

希美香の問いに、息の合った答えを返すブラムエルとアクサス。

「むぅ？」

二人に堂々と誤魔化《ごまか》されて、小首を傾げながら唸《うな》る希美香は、少しだけ聞こえた会話からおおよその内容を推察する。

(とりあえず私の事で揉めてたっぽいけど、二人とも教える気が無いって事は、私には知られたくない内容って事よね)

政治的な駆け引き云々《うんぬん》に関わらせるべきである。いや、関わらせるべきでは無い。確かそんなやり取りをしていた。そこから考えられる内容とは――

（アクサスさんは私を派閥《はばつ》間の政治的な駆け引きに利用したいと思ってて、ブラムエルさんはそれに反対してるってとこか……）

ブラムエルとアクサスは、じぃ～っと観察してくる希美香の視線から微妙に顔を背《そむ》けている。

特にルタシュ・アズタールとの件で一度やらかしているアクサスは、希美香を利用する事に積極的であると知られれば、彼女の心証を悪くするかもしれないと考えて口を閉ざした。

一方のブラムエルは、希美香が自身の利用価値の高さを知れば、自《みずか》らそれを利用し始めるかもしれないので、アクサスとの論争の内容は聞かれたくなかった。それ故の沈黙である。

そんな二人の思惑と葛藤《かっとう》を知る由《よし》もない希美香だったが――

（この二人が私の事で『政治的駆け引き云々《うんぬん》』の論争をしたのなら、今の私って偉い人が政治的に無視できないくらい重要っていうか、微妙な立場になってるのかも？）

いつもの穏やかな微笑で椅子に腰掛け、沈黙しているアクサス。

普段通りの無表情で、壁際で腕組みをして立っているブラムエル。

扉脇で明後日《あさって》の方を向いて、我関せずを決めているルイン。

そんな彼等の様子を見やる希美香は、自分の行動や存在が、それぞれの派閥《はばつ》に何かしら影響を与えている可能性を自覚するのだった。

王都の城下街。王宮に近い区画の高級品店通りにある、サータス魔導具総合本店。そこへ向かう道中で、希美香達はルタシュに遭遇した。

「宝石の街を行く麗《うるわ》しき異郷の乙女、その歩む先に求めるは……わっふ！」

「あ、ルタシュさんこんにちはー」

いつも通り希美香に贈る詩を朗読しながら現れたルタシュは、彼女の後ろに続くユニの、さらに後ろに控える護衛役を見て盛大に噛んだ。

今日の護衛役はブラムエルなのだが、朝の事があってか、すこぶる機嫌が悪そうに見える。強面《こわもて》というほどではないものの、普段から実力派としてずっしり構えているブラムエルは、甲冑《かっちゅう》姿とも相まって威圧感が凄い。ルタシュはアクサスが護衛の時と違って、見るからに腰が引けていた。

「今日はどうしたんですか？」

「え？　ああ、実は外国から来た情報通の人物を見つけたので、是非貴女に紹介しようと」

「わあ、そうなんですか？　じゃあこれからサータスさんのところに出向くんですけど、よかったらルタシュさんも一緒にどうですか？　その後、情報通の人に会わせてください」

「ぼ、僕も一緒に？　ははは、よ、よろしい！　お供いたしましょう！」

希美香からお誘いを受けたルタシュは、終始無言で観察してくるブラムエルの圧力にたじろぎながらも、彼等と行動を共にする事を了承した。

「いらっしゃーい、今日は珍しいお客さんを連れてるのね」

「さっきそこで会いまして」

護衛役のブラムエルと付き人のユニ、さらにルタシュも引き連れて魔導具総合本店を訪れた希美香は、迎えてくれたサータスにそう答えながら扉を潜《くぐ》った。今日は工房で希美香の引き寄せ能力の検証を行《おこな》う予定である。

「キミカちゃん達が乗ってきた例のアレね、ようやく工房に運び込めたのよ」

「ああ、あの浮島、宝城壁の脇から動かせたんですね」

希美香達が王都入りの日に巻き込まれた騒動。敵対勢力であるドルメア軍の奇襲攻撃に鉢合わせて被害を受けた上、ついには騎兵部隊に狙われた。

その絶体絶命の窮地《きゅうち》からの脱出に使われた、空飛ぶ宝石島。王都内に着地した後は、希美香にも動かし方が分からなかったのだが、王都中の魔術士達が集まって調べた結果、どうにか操作して移動できたらしい。

「アレもキミカちゃんが引き寄せた事になってるけど、どうも変なのよね」

「変？」

件《くだん》の浮島が希美香の能力で引き寄せられたのだとすれば、元々この世界のどこかに存在していた事になる。

天然の浮遊石は存在するが、小石程度のサイズがほとんどで浮力も小さく、あれほどのサイズの塊《かたまり》が自然に浮かぶのは有り得ないらしい。

さらに、あの浮島は人為的に魔法の効果を付与されたような在り方をしているにもかかわらず、魔術が使われた痕跡が無いという矛盾《むじゅん》をはらんでいる。故《ゆえ》に、『イメージに合致する既存の物体が引き寄せられた』では説明が付かないのだと。

「とにかく工房に来て？　今日の検証でハッキリさせようと思うの」

「わ、分かりました」

サータスに促《うなが》された希美香は、店舗の裏手にある工房へと繋がる『関係者以外立ち入り禁止』の通路に向かった。

「あ、護衛の人と付き人さん達はここで待っててね」

希美香の後に続こうとしたユニとブラムエル、そしておまけのルタシュは、サータスから同行を断られた。ユニは戸惑っていたが、ブラムエルは特に異議を唱えるでもなく沈黙している。

「ユニもダメなんですか？」

「貴女にとって、とても重要で個人的な秘密に関わる事だからね～」

普段通りの軽い口調で言いながら、纏《まと》う空気は真剣なサータスに、希美香は困惑しつつも従った。


作業台などを端《はし》に寄せて広い空間が確保された、工房の一室。

その中央には運び込まれた宝石の島が浮いている。浮島は下の部分がほんのり発光しているため、工房の床を染める光が幻想的な雰囲気を醸《かも》し出していた。

「普通これだけのモノを造ろうと思ったら、全体の魔力の流れやバランスを整えるために、何度も付与術を重ね掛けして安定化させる事が必要なんだけど、この浮島にはその痕跡が無いのよね」

まるではじめから『こういう形で存在していた』かのような在り方をしているが、こんな天然岩が自然界に存在するハズが無い。

サータスのそんな説明に、希美香は王都入りした日の事を思い出す。

「そう言えば、浮島に群がってた魔術士の人達も、そんな感じの事を言ってたような……」

ふむむと唸《うな》る希美香を壁際の作業台に誘ったサータスは、そこに置かれた小粒の宝石を指しながら言う。

「という訳でキミカちゃん」

「はい？」

「ここに何の変哲《へんてつ》もない宝石が一つあります」

「は、はい」

サータスは希美香の手を取り、正方形で緑色をした宝石の上に被せるように置いた。この状態でいつもの引き寄せをやってみて？　と要請する。

「そうね、例えば『丸くて光る宝石出ろー』とか」

「じゃ、じゃあやってみます」

何となくサータスの意図を理解した希美香は、要望通り『丸くて光る宝石』をイメージして念じた。すると、作業台に置かれた手の下で、もぞりとした感触があった後、光が漏れ始める。

そっと手を上げてみれば、そこには発光する丸形の宝石があった。

「やっぱり……」

「これって、どういう事なんですか？」

納得したように呟《つぶや》いたサータスに、希美香が説明を求める。サータスは変質した宝石を手に取って観察しながら、希美香の能力について解説してくれた。

曰《いわ》く希美香の能力は、イメージに適《かな》う宝石を引き寄せていたのではなく、イメージした通りの宝石や鉱石を精製していたのだと。

「引き寄せた宝石に魔法の効果が付与される時点で気になってたんだけど、これで確信したわ。つまり——」

サータスは、浮島を振り返りながら告げる。

「この有り得ない『空飛ぶ宝石島』は、貴女がその能力《ちから》で創り出したモノだってコト」

「えー……」

創造精製能力《クリエーティブ・プリフィケーション》。恐らくは、手を触れた大地から必要な素材を呼び集めて精製していると思われる。訓練次第では、将来的に大気からの精製も可能かもしれないとサータスは語る。

「で、ここからが重要な話なんだけど——貴女のその力があれば、『転移門』も創れるかもしれないわ」

「えっ……！」

研究家の魔術士達の間では、魔術による『転移術』の研究も行《おこな》われており、かつては古代の魔導技術を使った『転移装置』なる機械が存在していた記録もあるという。

「今ではそういう技術は失われちゃってて再現不可能だけど、キミカちゃんの能力って、イメージさえあれば技術も知識も必要無いでしょ？」

希美香は魔術の仕組みなど全く知らないまま、それらの効果が付与されたモノを引き寄せ——いや、創り出している。その事実から考えると、イメージさえしっかり出来れば、創り出せないものは無い。かもしれない。

「ほえー……」

自分の能力で元の世界に還《かえ》るという発想は無かったと、サータスの示した可能性に希美香は感心した。

「流石《さすが》にすぐには無理でしょうから、少しずつ高度な物を作っていけば良いと思うわ」

サータスの説明によると、浮島の仕組み自体は、魔導技術的には大して複雑ではないという。浮遊石を利用して宙に浮かせるアクセサリーといった、ポピュラーな装身具型魔導具のでっかい版なのだ。が、使用されている魔力の量がとんでもない事になっているらしい。

空間を繋ぐような魔法の効果を発現させるとなれば、それこそ膨大《ぼうだい》な量の魔力が必要になると思われる。

そこでまずは、魔力を集めて大量に蓄積し、安定的に供給できるような魔導装置から作っていくべきだろうと。

「用途別に装置を作り出して、最終的にそれらを組み合わせて転移の扉を開く、ってとこかしら」

「な、なるほどー」

元の世界に還《かえ》るための具体的な道筋が示された事により、この世界を彷徨《さまよ》う希美香にとって、一つの明確で大きな目標が出来た。

今までの、方向性も定まらないまま情報集めをしていた状態から考えると、かなりの前進と言える。

思わず感動している希美香に、サータスは忠告も与えた。

ここまで強力な能力はそうそう類を見ない。それだけに、野心ある人間に知られると色々狙われて危険であると。

「身を護《まも》る術《すべ》は、常に考えておくようにね」

「は、はい」

サータスのアドバイスに従い、希美香は護身用の魔法効果を持つ装身具型魔導具をいくつか創り出すと、さり気なく装備しておく。材料はサータスが用意してくれた。ここは魔導具を作る工房なので、必要な資材は豊富に揃《そろ》っている。

今後サータスは希美香の『転移門創り』に全面的に協力し、希美香は引き続きサータスの店に様々な宝石や貴金属を提供する。それを互いに約束し合って、本日の検証は終了した。


「あ、おかえりなさい、キミカ様」

「ただいま～ユニ」

ユニ達が待つ店舗に戻ってきた希美香は、そのまま店番を続けるサータスに礼を言う。

「またね～キミカちゃん」

「はい、またよろしくお願いします」

魔導具総合本店を出ると、ルタシュが紹介したいという人物に会いに行く事にした。

「さーて、それじゃあ次は情報通の人に会いに行きましょうかね。ルタシュさんよろしくね」

「ははは、お任せあれ！　ご案内いたしましょう」

ルタシュの案内で、一行は城下街へと下りていく。その道中、希美香は終始ニコニコしていた。妙に機嫌の良さそうな希美香に、気になったユニが訊《たず》ねる。

「キミカ様、サータス様のところで何か良い事でもありました？」

「んふふふー、ちょっとね」

ユニには教えておくつもりでいる希美香は「部屋に戻ってから話すよ」と言って微笑んだ。元の世界に還《かえ》る手立てについて、ようやく目途《めど》が立ったとも言える現状。早くこの秘密をユニと共有して、共に喜んで欲しいという気持ちに、少々浮かれ気味な希美香であった。

第十一章　宵闇《よいやみ》

「さあ、着きましたよ。ここに紹介したい人物が宿泊しているのです」

ルタシュの案内でやってきたのは、繁華街にある一軒の大きな建物。そこは宿泊施設付きの街酒場だった。行商人御用達《ごようたし》の施設だが、城下街まで遊びに来た貴公子達にもよく利用されるという。

王都の繁華街にやってきたのは初めてだった希美香が、ユニと一緒に「ほえー」となりつつ周囲の建物などを見上げていると、これまでずっと黙していたブラムエルがルタシュに詰め寄るように訊《たず》ねた。

「貴殿は、どういうつもりでキミカ殿をここへ連れてきたのだ？」

「ど、どうって、僕は彼女が欲する情報を提供すべく奔走《ほんそう》をしてだね――」

「情報なら、貴殿が情報屋から聞き出して、口頭で彼女に伝えれば良いのではないか？」

情報提供にかこつけて宿泊酒場に連れ込もうとしたのではないかと追及するブラムエル。そのような意図は無かったルタシュは、驚きつつ慌てて否定した。安易に若い女性を連れてくるような場所ではない事に、指摘されて初めて気付いたらしい。

「ブラムエルさん、ブラムエルさん、それは穿《うが》ち過ぎだよ」

希美香は、ブラムエルのマントの裾《すそ》を摘《つま》んで、くいくい引きながら宥《なだ》める。ユニと護衛役の誰かが常に一緒に居るのに、不埒《ふらち》な動機で誘ったりなど出来るはずがないとツッコむ。

「……。もし人払いを求められても、ここでは絶対に応じないでください」

ブラムエルはそれだけ言うと、定位置に戻った。融通《ゆうずう》が利くのか利かないのか分からない。堅物《かたぶつ》なイメージは相変わらずだが、頼りにもなるのは確かだなぁと、内心でブラムエルの勤勉さを称《たた》えておく希美香。

ともあれ、気を取り直してルタシュに情報通なる人物の紹介を頼む。

「ええと、彼は確か――今日は奥の席で飲んでいるはずだよっ」

ルタシュは若干《じゃっかん》動揺を残しながらも、希美香達を店内へと案内するのだった。

昼間からそこそこ賑《にぎ》わっている一階の大ホール。そこに現れた一行に、酒場の先客達が胡乱《うろん》な視線を向ける。

この辺りでは見掛けない異国人風の少女と、その従者らしき少年、いかにも貴族のボンボンっぽい若者に、不愛想な騎士という組み合わせ。泊まりに来たとも飲みに来たとも思えないその不思議なグループは、奥の高級エリアに入っていった。

「いたいた。おーい、来たぞー」

「……あんたか。本当に連れてくるとは」

一番奥の壁際のテーブルで、肴《さかな》を齧《かじ》りながら一人飲んでいた行商人風の男が、意外そうな表情を浮かべて呟《つぶや》いた。希美香は『何となくラグマンさんに似てるなぁ』などと内心で思う。

実際にラグマンと同じ行商人である彼は、トレクルカーム国とその周辺国だけでなく、かなり遠方の国にまで足を運ぶベテランで、色々な情報に精通しているという。

「で、依頼主はそっちの嬢ちゃんか。俺に何を聞きたいんだ？」

「あの、彷徨《さまよ》い人《びと》に関する情報とかありませんか？」

元の世界に還《かえ》る手立てについては目途《めど》が立ったので、とりあえず他の彷徨《さまよ》い人《びと》の事をもっと知ろうと希美香は考えていた。過去の彷徨《さまよ》い人《びと》がどう生きたのかを詳しく知る事は、自分自身がこの世界でどう生きるべきかを考える上で参考になる。

「ふむ、彷徨《さまよ》い人《びと》か……。見たところ、一般的に知られてる情報を求めてる訳じゃあないようだな」

情報屋の行商人は、希美香の佇《たたず》まいを見て、近頃商人仲間の間で話題になっている『異界の錬金術士・彷徨《さまよ》い人《びと》キミカ』だと察すると、とっておきの情報を売るべく問い掛ける。

「で、いくら出せるんだ？」

「おいおい、報酬なら十分に払ってあるじゃないか」

情報料の上乗せを求める行商人にルタシュが抗議するも、あれは紹介に応じた事への謝礼金だと往《い》なされた。

「俺は結構ヤバい情報も扱ってるんでね。あれっぽっちじゃ前金にもならんですよ坊ちゃん」

「ぐぬぬ……」

世界を渡り歩く猛者《もさ》だけあって、なかなかに不敵な態度で挑む行商人。ブラムエルは少々眉を顰《ひそ》めたが、特に咎《とが》める事はしなかった。ユニは首を竦《すく》めて静かに成り行きを見守っている。

希美香は、情報の提供者が相応の対価を要求するのは当然の権利と考えているので、より良い情報を提供してもらうべく懐《ふところ》から宝石を取り出した。

「これでどうかな」

「……………十分だ」

金貨五十枚くらいはふんだくってやろうなどと考えていた行商人は、テーブルの上に大粒の宝石を十個も置かれてしばし言葉を失い、絞り出すように呟《つぶや》いた。

ちなみに、一粒四十カラットくらいの宝石で、それぞれ金貨一三〇〇枚ほどの価値がある。例によって、その辺の地面から掘り出した（実際には精製していたようだが）ものであった。

一気に数年分の儲《もう》けを得た行商人は、自分の持つ情報の中でも、トレクルカーム国と彷徨《さまよ》い人《びと》に関する『最も危険な情報』を語ってくれた。

「王都《ここ》にある『実りの大地』ってやつは、その力を維持するために生《い》け贄《にえ》を必要としてるそうだぜ」

「え、生《い》け贄《にえ》？　実りの大地？」

彷徨《さまよ》い人《びと》の情報かと思いきや、突然『実りの大地』の話が出てきて面食らう希美香。そんな彼女に、行商人は「彷徨《さまよ》い人《びと》にも関わる話だ」として続きを語る。

「十数年に一度、あの近辺の警備が異常に厳しくなる。どうも、その時に生《い》け贄《にえ》の儀式をやってるらしい」

今が丁度その時期で、自分達余所者《よそもの》は勿論《もちろん》、王都の民でさえ近付く事は制限される。そしてこの儀式には、昔から彷徨《さまよ》い人《びと》が深く関わっているらしいと言うのだ。

「え……」

「まあ、実りの大地自体、大昔の彷徨《さまよ》い人《びと》が作ったって話だからな。何かしら関係はしてると考えて間違い無いだろう」

何だか期待していた話とは違ったが、結構重要な情報を得られた気がした。

行商人は、とっておきのヤバい情報は以上だが、これだけでは報酬に見合わないからと、他のヤバくない情報も教えてくれる。

「一般的に知られている事が知りたいなら、『エントロージ国』や『富国《とみこく》の彷徨《さまよ》い人《びと》』について調べてみるといい。城下街の図書館でなら、御伽噺《おとぎばなし》を漁《あさ》れば見つかるはずだ」

「エントロージ国？」

「この国の前身になった国の名さ。トレクルカーム国は、その建国から彷徨《さまよ》い人《びと》が関わっている。あんたにとって色々と参考になるかもな。御伽噺《おとぎばなし》を調べるなら『虹色の光』で探してみな」

他にも、ずっと遠方にある大陸では世界を自由に渡る異世界人の存在が噂されているが、こちらは色々と話が壮大過ぎて尾ひれもでかそうなので、参考にはならないだろうとの事だった。

「まあ、頑張りな」

行商人はそう言って宝石を懐《ふところ》に仕舞うと、椅子に深く腰掛けて静かに飲み始めた。情報はこれで終わりのようだ。

希美香は、情報をくれた行商人に礼を言って宿泊酒場を後にした。


「今日はありがとね、ルタシュさん」

「いえいえ、また何かありましたら是非アズタール家を、この僕を頼ってください」

今後ともよろしくとアピール活動に余念がないルタシュとは、城下街の入り口で別れた。彼が手配した馬車に乗り、王宮までの帰途《きと》に就《つ》く。

ユニとブラムエルが同乗する馬車に揺られながら、希美香は宿泊酒場で得た情報について考えていた。

十数年毎《ごと》に、実りの大地を維持するための生け贄《いにえ》が捧《ささ》げられているらしい。その儀式には、昔から彷徨《さまよ》い人《びと》が関わっているという。

そんな時期に王都に喚《よ》ばれた事は、何を意味しているのか。

「もしかして私、生《い》け贄《にえ》候補だったりする？」

「まさかそんな……」

ポツリと零《こぼ》れた希美香の呟《つぶや》きに、ユニが反応する。その表情には少なからぬ動揺が浮かんでおり、希美香と同じ不安を抱いている事が分かった。

ブラムエルは腕組みをしたまま、いつもの無表情で沈黙している。彼も何か考え事をしているような雰囲気だ。

希美香に視線を向けられたブラムエルは、ただ一言。

「調べてみます」

とだけ口にした。情報の信憑性《しんぴょうせい》については、あまり疑っていないように感じられる。もしかしたら、彼には心当たりがあるのかもしれない。

そこまで考えた希美香は、もしもの場合を想定して対策を練っておく事にした。生《い》け贄《にえ》の儀式がどういうモノなのかは分からないが、響きからして碌《ろく》なモノでは無いだろう。

それを回避する最も確実な方法は、サータスの検証で明らかになった創造精製能力《クリエーティブ・プリフィケーション》を使って、一刻も早く元の世界に還《かえ》る事。

しかし、こちらに関しては一朝一夕《いっちょういっせき》でどうにかなるものでも無いので、当面は実りの大地の状況を探りつつ、引き続き情報集めをするしかあるまい。

希美香はそう結論付けた。

「まずは『エントロージ国』と『富国《とみこく》の彷徨《さまよ》い人《びと》』について調べる事からだね」

「街の図書館でなら見つかるって言ってましたね」

いきなり王宮の上層部の人達に「実りの大地って生《い》け贄《にえ》が必要なんですか？」などと斬り込むのは危険過ぎる。眉唾《まゆつば》だと笑い飛ばされたり、呆れられたりするだけなら良いが、本当だった場合はそこで人生が終わってしまいかねない。

そんな訳で希美香は当面の間、トレクルカーム国の『昔話』を集めつつ、能力開発と鍛錬《たんれん》を進めていく事になった。


翌日。希美香はさっそく城下街にある一般民向けの図書館を訪れた。

「こっちの図書館はなんか落ち着くわー」

「ふふ、ボクもです。王宮図書館は荘厳《そうごん》過ぎて肩が凝《こ》っちゃいますよね」

これまでほぼ王宮暮らしだった希美香とユニは、城下街についてはまだ半分も把握しておらず、一般民向けの各種教養施設がある事に感心していた。

城下街の図書館はなかなか立派なもので、二百人くらい入れそうな広さの施設内には、沢山の本が収められた巨大な本棚が、壁一面にずらーっと並んでいる。

中央に立つ大きな柱の左右にも同様に本棚が置かれており、それらの間の開《ひら》けた空間には本を読むための机と椅子が設置されていた。

それぞれの机の上には、明るい鉱石ランプも備え付けられている。本を閲覧《えつらん》する空間とは別に、サロンのような休憩用のスペースもあった。

「じゃあ、私達は本を読んでくるから、アクサスさんはそっちで寛《くつろ》いでて？」

「何かあれば、すぐに呼んでください」

希美香が本日の護衛役であるアクサスに休憩用スペースを勧めると、彼はそう応《こた》えて館内全域を見渡せる位置にあるテーブルへと向かった。

本棚の間を行き来している司書さんに、子供向けの御伽噺《おとぎばなし》や、街の伝承について書かれた本の場所を聞いた希美香は、ユニとそこへ向かう。

「確か、キーワードは『虹色の光』だったわね」

「はい。探してみましょう」

この世界の字が読めない希美香も『虹色』を意味する文字を教わって、それがタイトルに入った本を探し、後で纏《まと》めてユニに確認してもらうというやり方で情報収集を手伝った。

そうしてお昼前まで図書館で過ごした希美香達は、そろそろ王宮に戻ろうかと引き揚げに掛かる。

「今日の成果は、『似た話が結構ある』って事が分かったくらいかな」

「そうですね、同じ伝承から少しずつ形を変えながら派生した感じでしょうか」

登場人物や結末に至る過程は違えど、最後は『少女が虹色の光になる』という共通点を持つ物語がいくつか見つかった。それぞれ喜劇だったり悲劇だったりとバラエティに富んでいるが、いずれも一つの伝承を元に作られている事が分かる程度には、エピソードの類似性《るいじせい》が見られた。

例えば、少女が一緒にいた商人と別れて権力者に保護されるくだりがある。喜劇ベースなら王子様から求婚されたり、悪徳商人から解放されたりし、悲劇ベースだと愛し合う商人から無理やり引き離されたり、妖艶《ようえん》な女性に誘惑された商人に捨てられたりしていた。

「まあ、その辺りは創作だろうから、深く考えても意味無いかも」

机に山積みになっていた本を元の棚に戻し、アクサスと合流した希美香達は、王宮への帰途《きと》に就《つ》く。道すがら、アクサスにも最近の活動内容とその成果について話しておいた。

「貴族階級の間ではほぼ耳にしない伝承が、城下街の民の間で語り継がれているというのは、何か作為的なモノを感じますね」

「やっぱりそう思います？　私もそこが引っ掛かってるんですよねー」

アクサスの推察にうんうん頷《うなず》いて同意した希美香は、彼になら実りの大地に捧《ささ》げる生け贄《いにえ》の話をしても大丈夫かな？　と考える。アクサスは希美香の政治利用に積極的な姿勢を見せているので、ブラムエルやルインが反対するような活動にも手を貸してくれるかもしれない。

（ちょっと危険な気もするけど……）

実りの大地という、この国の最高機密に触れる情報の収集。護衛任務の枠外として、アクサスに個人的な頼み事をしてみようかと、希美香が密かに悩んでいたその時――

「っ！　キミカ様！」

「え？」

後方からバタバタという複数の足音が迫ったかと思うと、振り返ったアクサスが希美香を庇《かば》うような動作で踏み出し、何者かの振るった剣に一閃《いっせん》された。

「アクサスさん！」

斬り付けられながらも応戦しようと剣を抜くアクサスだが、直後に別方向から襲ってきた攻撃に弾《はじ》き飛ばされた。

「く……！」

負傷した左腕を押さえながら身構えるアクサスに、剣が突き付けられる。そこでようやく、希美香は自分達が襲撃を受けている事を把握した。

どう見てもチンピラといった風貌《ふうぼう》の四人組が、それぞれ武器を手にこちらを威嚇《いかく》している。

アクサスに剣先を突き付けている二人のうち、巨漢の方が、後ろのナイフを持った二人に指示を出した。

「あの女だ！　捕らえろっ！」

（えっ、私が狙い？）

以前、カンバスタの市場通りで引ったくりの被害にあった事はある。だが、あの時のような通り魔的な犯行ではなく、明確に自分をターゲットにしていると分かって、思わず立ち竦《すく》む希美香。

ナイフ持ちの二人が彼女に迫ろうとしたその時、なんとユニが彼等に体当たりを仕掛けた。

「ユニ!?」

「キミカ様っ、逃げてください！」

ユニは彼等の脚にしがみ付いて希美香を逃がそうとする。しかし、小柄な彼は軽々と引っぺがされ、脇に放り投げられた。

「邪魔だクソガキ！」

「逃がすな！」

壁に叩きつけられて尻もちをつくユニ。腕から流れ出た血で衣服と足元を赤く染めるアクサス。二人の惨状を見た希美香は、襲撃者への恐怖よりも『身内』を傷付けられた事に対する怒りで、一瞬にして頭に血が上《のぼ》った。

希美香の『攻撃態勢』と『敵対勢力』を感知した護身用装身具が発動する。

「ユニ！　アクサスさん！　二人とも伏せてっ！」

次の瞬間、希美香のカチューシャから二対《につい》の宝石が浮き上がる。それらは頭上で旋回しながら発光すると、ナイフ持ちの二人に向かって短い光線を連続発射した。

「うわっちゃ！　うわっちゃ！」

「いてっ！　いてっ！　なんだこりゃっ！」

短い光線に撃たれた二人は、強めの静電気が走ったような攻撃を全身に浴びせられて飛び上がる。対象を殺傷するほどの威力は無いが、怯《ひる》ませるには十分な効果があった。

「何やってやがる！　早く捕まえろ！」

不甲斐《ふがい》ない仲間に業《ごう》を煮やしたリーダー格の巨漢が、剣を盾にして突進してきた。光線の弾幕《だんまく》を強引に突破しようとしているようだ。

しかし、巨漢の突進はあえなく失敗した。希美香が翳《かざ》した左手の腕輪から魔法障壁《しょうへき》が発現したのだ。さらに希美香が右手の腕輪を翳《かざ》すと、今度は風の塊《かたまり》が発現して巨漢の顔面を直撃。仰《の》け反《ぞ》った巨漢に、宝石ドローンからの光線攻撃がシャワーの如《ごと》く降り注ぐ。

「ぶるわあああ！」

怪我こそしていないものの、無視できない程度の痛みを伴《ともな》う攻撃を全身に満遍《まんべん》なくびしばし当てられ、流石《さすが》に怯《ひる》む巨漢。

アクサスに剣を向けているもう一人の剣持ちは、仲間の援護に行くべきか、指示を待つべきかと迷っているところに、背後からの急襲を受けて倒れ伏した。

「おい、何事だこれは」

剣持ちの男を蹴《け》り倒したルインは、負傷したアクサスや壁際で伏せているユニ、武装した巨漢と対峙《たいじ》している希美香を見て、困惑しながら問う。

「ルインさん！　この人達、私を狙ってるの！」

いきなり襲撃されたという希美香の訴えを聞いたルインは、「今度は何をやらかしたんだお前は」などと毒づきながら抜刀《ばっとう》。光線攻撃に踊らされているナイフ持ちの二人を瞬《また》く間に斬り倒した。

それを見た希美香が、さっと青褪《あおざ》める。

「ちょっと……死んでないよね？」

「悪漢《あっかん》の心配とかしてんじゃねーよ」

ルインは「急所は避けてある」と答えながら、襲撃者達のリーダー格である巨漢に剣を向けた。光線から頭を庇《かば》っていたリーダー格の男は、不利を悟って武器を捨てる。

「わ、分かった、降参だ……」

どうやら片付いたようだと、希美香は胸を撫で下ろす。警戒態勢を解いた事で、宝石ドローンが希美香のカチューシャに帰還した。

「おい、まだ油断するな！」

ルインがそう忠告した、次の瞬間――

「ふへへっ！　甘ちゃんで助かるぜ！」

光線の弾幕《だんまく》がやんでチャンスと見た巨漢が、再び希美香に飛び掛かる。舌打ちしたルインが咄嗟《とっさ》に踏み出そうとしたその時、希美香が叫んだ。

「せ、正当防衛行動！」

希美香が装備している護身用装身具の中でも、最も強力な迎撃《げいげき》能力を持つ切り札が、緊急事態を示すキーワードに反応して最終防衛機能を発動させた。装身具に付与されている魔術効果によって発現した局地的なミニ竜巻が、希美香の周囲を薙《な》ぎ払う。

一瞬で数メートルの高さまで巻き上げられた巨漢は、きりもみしながら落下して地面に叩きつけられ、失神した。

「あ……」

「……なかなかえげつねぇ攻撃だな」

切り札の装身具が脅威の消失を感知し、役割を終えた魔法の竜巻は消滅する。

「し、死んでないよね？」

「俺に聞くな」

自分でやっておいてオロオロしている希美香に、ルインは肩を竦《すく》めながら答えたのだった。


その後、駆け付けた衛兵に襲撃者の四人を引き渡した。護送用の馬車を待つ間、下《した》っ端《ぱ》らしい男に尋問したところ、希美香を狙ったのは宝石が目当てだったらしい。

昨日の宿泊酒場での一件で、情報屋とのやり取りを見ていた彼等は、希美香が大粒の宝石を大量に持ち歩いているようだと知り、目を付けていたという。

「げっ、あの時から狙われてたの⁉」

今日を選んだのは、アクサスが護衛の中で一番弱そうだったからだそうな。複雑な表情を浮かべているアクサスを他所《よそ》に、希美香は内心でほっとしていた。

(生《い》け贄《にえ》の件を調べてるのが原因かと思ってたわ)

ちなみに、アクサスの怪我は現在治療中である。希美香が装備していた治癒《ちゆ》効果付きの護身用装身具が役に立った。ルインがたまたま近くにいた事と、希美香の護身用装身具のおかげで何とかなったと言える。

目先の獲物しか見ないチンピラ風情《ふぜい》には、貴族の最大派閥《はばつ》カムレイゼ派に属するディースプリネ家の威光も通用しない。

その事を痛感したアクサスは、ルインとブラムエルに護衛体制の見直しを提案し、この事件以降、希美香には常時三人体制で付く事になった。


翌日。ユニを伴《ともな》って部屋を出た希美香は、すぐ隣にある待機部屋に顔を出す。

「おはようございます」

「おはよー」

希美香とユニが挨拶《あいさつ》すると、ルインが一人で椅子に座っていた。

「おう、もう出掛けるのか。アクサスとブラムエルがまだ来てねぇから、もう少し待て」

「ルインさんが一番乗りって珍しいね？」

室内を見回しながら希美香が問う。

「三人体制になったから、他の予定との兼ね合いでな」

ルインには他に重要な用事は無いが、ブラムエルやアクサスは派閥《はばつ》関係で人に会ったり、会議に出席したりと予定があった。それらを調整するのに時間が掛かっているらしい。

「ああ、そっか……なんだか迷惑掛けちゃってるなぁ」

「ああん？　お前はそんな事気にしなくていいんだよ」

護衛対象が護衛に気を遣うな、などと言って鼻を鳴らすルイン。

「まあ、気になるんなら、あんまりうろちょろすんなって事だな」

「ふふっ、善処《ぜんしょ》しまーす」

色々と気を遣ってくれているのが分かって、思わず笑ってしまう希美香に、ルインは舌打ちしてそっぽを向いた。

「そう言えば、ルインさんには渡してなかったね」

「あん？」

希美香は宝石を一粒取り出すと、ぐっと握って念じる。希美香の手の中で再精製された宝石は、コンステード家の家紋である『狼《おおかみ》』を象《かたど》っていた。

「はいこれ」

「……お、おう」

少し戸惑いながらも受け取るルイン。これにより、護衛三人組の全員に家紋の宝石がプレゼントされた。

その後、待機部屋に他の二人がやってきたのだが、ルインの宝石を見たアクサスが若干《じゃっかん》面白くなさそうな顔をした事には、ユニだけが気付く。

（後でキミカ様に教えてあげた方がいいかな……？）

そんなこんなで、今日も希美香の王都生活は続いていくのだった。

第十二章　実りの大地

ある日の夕刻。

希美香はここ数日のうちに集めた『エントロージ国』と『富国《とみこく》の彷徨《さまよ》い人《びと》』に関する情報について、王宮の自室でユニとお浚《さら》いをしていた。

かつて『富国《とみこく》の彷徨《さまよ》い人《びと》』と呼ばれた少女が居たという。

その彷徨《さまよ》い人《びと》——異世界人の少女は、当時『享楽《きょうらく》の国』と呼ばれていた小国『エントロージ国』に住み着き、その国に大きな富と祝福をもたらして、現在の大国『トレクルカーム国』が成立する礎《いしずえ》となったらしい。

「主産業が賭博《とばく》と売春と秘法の薬《クスリ》って……『享楽の国《エントロージ》』というのは随分と物騒な国だったんですね」

「まあ、娯楽が盛んだった……というか、元々それしかなかった国に、真っ当な職業が出来たりして発展していったみたいだね」

あらゆる欲望を満たす掃き溜《はだ》めの地という意味では、富豪や豪商など金持ちが集まり易い下地はあったのだろう。そこに地位や名誉、権威といった要素が後付けで加わった。

その後も破綻《はたん》する事なく発展を続け、やがて大国に至るまで成長したというところか。

権威と気品に溢《あふ》れる王族や貴族達も、その出発点まで遡《さかのぼ》れば、元々は山賊や盗賊だったなんて話は珍しくない。

「でも——」

と、希美香は気になる部分を指摘する。

「この『エントロージ国』とか『富国《とみこく》の彷徨《さまよ》い人《びと》』って、正式な記録では見た事ないよね？」

「そうですね。王宮の図書館で調べた本の中には、無かったと思います」

希美香の疑問にユニも同意する。過去の彷徨《さまよ》い人《びと》の記録については二人で随分と調べたが、『富《とみ》国《こく》の彷徨《さまよ》い人《びと》』に関する記録など、王宮図書館の中では見た覚えが無い。

エントロージ国はトレクルカーム国の前身という事なので、現在の国家が成立する以前の記録は失われたのでは？　という説も考えたが、それだと大昔の大魔術戦争時代の記録も残っていないはず。

「とすると……隠蔽《いんぺい》って線もあるわね」

「隠蔽《いんぺい》……？　彷徨《さまよ》い人《びと》に関する情報をですか？」

トレクルカーム国内に、その存在を隠さなければならない事情があって、国ぐるみで闇に葬《ほうむ》ろうとした可能性も指摘する希美香。この国では、基本的に街の住人は一生その街に縛られている。そうなると人や物に限らず、情報の出入りも制限されるはずだ。

「元々賭博《とばく》と売春と怪しい薬を主産業とする自由と享楽《きょうらく》の国だったにしては、随分ガチガチに縛ってる気がするのよね」

「確かに、人の往来に関しては、周辺国と比べても厳しく制限されてますね」

件《くだん》の『富国《とみこく》の彷徨《さまよ》い人《びと》』である少女が『エントロージ国』にもたらしたという『祝福』。虹色の光が国中を覆《おお》い、大地が光り輝いた。その祝福されし大地こそが、現在のトレクルカーム国の領土である、とされている。

「そんな言い伝えになるような派手な出来事があったんなら、当事国に何かしら記録が残ってないと変でしょ」

「その部分って、いかにも御伽噺《おとぎばなし》らしいですよね」

「本当にただの御伽噺《おとぎばなし》って事にしたかったから、記録を公式な形では残さなかった、とか？」

「あ……」

希美香が示した隠蔽《いんぺい》の可能性に繋がり、ハッとするユニ。王都にやってきて王様に謁見《えっけん》した後、別室にて色々話を聞いた。その時、王様達はこの国の大地で作物が育たない理由を『大規模な呪い』だと言っていた。

トレクルカーム国を覆《おお》う古《いにしえ》からの禍害。しかし、過去の言い伝えによれば、トレクルカーム国が成立する際、国中を虹色の光が覆《おお》う『祝福』があったという。

「その『祝福』というのが、実は呪いだったと……？」

「単純に考えれば、そうなるわよね……？」

という事は、『呪いの主』はトレクルカーム国の建国の礎《いしずえ》になったという『富国《とみこく》の彷徨《さまよ》い人《びと》』である。国が呪われた経緯については、国家の重要機密に当たるとかで明かされなかったが――

「もし、彷徨《さまよ》い人《びと》を生《い》け贄《にえ》にしてる事が原因だったら……」

「キミカ様に、教えられるわけ無いですよね……」

何だかますます『生《い》け贄《にえ》候補疑惑』が濃厚になったようで、不安が募《つの》る希美香。しかし、新たな回避策も思い付いたと語る。

「それは？」

「実りの大地さえ維持できれば、呪いはそのままでも良いみたいな感じだから、生《い》け贄《にえ》無しでも実りの大地の効果を維持できるようにすれば良いのよ」

王様達の話からは『不毛の大地だからこそ、実りの大地の恩恵によって結束を固められている』的なニュアンスを感じた。

「実りの大地以外で作物が育つようになると困るって話だったじゃない？」

「確かに、そういう内容でしたね」

実りの大地以外の場所で農業が可能になり、各街が自給自足の体制を整えられるようになると、王都を支える領主連合から離脱したり、独立して敵対国側に付いたりする恐れがあるので大変困る。

王宮会議室での話は、そんな内容だったとユニも思い出す。

「よしっ！　不安もあるけど、希望も出てきたわ」

そう言って立ち上がった希美香は、とにかく実りの大地に関する情報を集めながら自分の能力開発に勤《いそ》しむと決めた。方向さえ定まれば、不安も幾《いく》分か軽減される。

「そうと決まれば」

「決まれば？」

「お風呂に入って寝るわっ」

「……準備しますね」

ユニは苦笑しながら、希美香の寝間着《ねまき》や湯浴《ゆあ》みの準備をしに席を立つのだった。

湯浴《ゆあ》みを終えてお茶を頂きつつソファで寛《くつろ》いでいた希美香は、適当に宝石を弄《いじ》りながら明日の予定を考える。

「最近あんまりお茶会に参加してないし、そろそろ顔出しておこうかなぁ」

お嬢様方との付き合いを大事にしないと、将来の生活にも影響が出る。そんな事をつらつらと呟《つぶや》く希美香に、ユニがおもむろに訊《たず》ねた。

「そう言えば、最近はあまり元の世界に還《かえ》る方法について話しませんね」

「一応、目途《めど》が立ったからね〜」

気持ちに余裕も出てきたので、『還《かえ》りたい〜還《かえ》りたい〜』と嘆《なげ》く事も無くなった。むしろ余裕が出たせいで還《かえ》った後の事を考えてしまい、憂鬱《ゆううつ》になる場合もある。

まず大学とバイトはアウトだろう。アパートの家賃も引き落としが出来なくて実家に連絡が行っているかもしれないし、行方不明とか失踪《しっそう》事件として警察が動いている可能性もあった。

「何か還《かえ》るの怖くなってきたわ」

冗談めかして言う希美香に、ユニがぽつりと呟《つぶや》く。

「それなら、ずっとこっちに……」

「え？」

「あ、いえっ、すみません。何でもないです」

慌てて取り繕うユニ。彼の気持ちを察した希美香は、優しく微笑む。これだけ親しくなったのだ。ある日突然、今生《こんじょう》の別れになるかもしれない事を考えれば、やはり寂しいと思う。

「……転移門ってのが創れるようになって、向こうに還《かえ》った後もこの能力が消えないなら、またこっちに戻ってこられるんじゃないかな」

もしそうなったら、お金の心配が無いこっちで贅沢《ぜいたく》に暮らしながら、向こうでも悠々自適《ゆうゆうじてき》に生活できる。

「素晴らしき人生プラン！」

キラーンと星でも光らせるような、コミカルな雰囲気で拳《こぶし》を振り上げる希美香。ユニは自分に気を遣ってくれている事を実感して感謝の念を抱く。

付き人の自分が、主《あるじ》である希美香に心配を掛けてはいけない。そう思ったユニは、希美香の励ましに乗って場を明るくしようとする。

「キミカ様が贅沢《ぜいたく》している姿って、想像できないですよね」

「え？　今私、凄い贅沢《ぜいたく》な生活してると思うけど」

キョトンとした表情でそう返す希美香に、これは本当にそう思っているようだと察したユニは、具体例を挙げて指摘した。

「いいえ、キミカ様はやる事が派手な割に、慎《つつ》まし過ぎるんです」

出された料理は残さず食べるし、無駄遣いもしない。服装も大体いつも同じで着飾る事は無く、男遊びもしない。異世界の庶民らしさなのか、質素な生活習慣が身に染《し》みついているのは、使わない部屋の鉱石ランプや蝋燭《ろうそく》をわざわざ消して回る姿からも理解できる。

「やーーめーーてーー」

普段の生活ぶりを淡々と並べられると、貧乏くささがにじみ出ていて恥ずかしくなる希美香。都会での一人暮らしは、色々やりくりするのが当たり前だったので、住む世界や環境が変わっても習慣だけはなかなか変えられないのだ。

「周囲には大きな富を与えているのに、キミカ様自身の得るモノがあまりにも少ないですよ」

「そ、そうかな～？」

ユニの意見に対して、希美香は『与えている富』がそもそも地面からタダで掘り出しているモノなので、その辺りはあまり実感が湧かないなぁと頭を掻《か》いた。

「もう少し贅沢《ぜいたく》しても良いんですよ？」

「いやぁ、何か勿体《もったい》なくて……」

急にだだっ広い部屋を与えられても、隅《すみ》っこに寄って生活した方が安心する。大胆な行動とは裏腹に、小市民的な性格の希美香なのであった。

希美香達は、翌日も城下街にある一般民向け図書館を訪れていた。休憩用スペースのテーブルに陣取って、寛《くつろ》ぎながら本日の活動に入る。

トレクルカーム国の重要機密でもある実りの大地については、城下街で調べても有用な情報が見つかるわけではない。エントロージ国と富国《とみこく》の彷徨《さまよ》い人《びと》に関する情報集めも、もはや目新しい御伽噺《おとぎばなし》はなく、現在はもっぱら『王宮では人の耳目《じもく》を気にして大っぴらに出来ない話』をするために、ここに通っているようなものであった。

「さて、じゃあ皆さんの報告を聞かせてもらいましょう」

希美香は面接官の如《ごと》くキリッとした雰囲気で『出来る女』を装《よそお》いながら、対面に座る護衛三人組にそう告げる。たまたま正面にいたルインと目が合い、彼が一番手になった。

「ったく、こういうのは護衛と関係なくねぇか？」

「いいからっ、何か情報プリーズ！」

ものの五分と持たなかった『出来る女』に、「早く！」とテーブルをバンバン叩きながら急かされ、ルインは辟易《へきえき》しつつ自分が調べてきた情報を披露した。

「貴族階級の中でも王宮とはあまり縁の無い、一般民に近い層から聞いた。騎士候補生のための施設で、訓練生が先輩達から教わる『ここだけの裏話』ってのがあるみたいでな」

訓練生達の間《なか》で半ば怪談話のように受け継がれているという、この国の秘事に纏《まつ》わる逸話《いつわ》。

『トレクルカーム国には建国当時から生け贄《にえ》の儀式が存在し、それは今も秘密裏《ひみつり》に行《おこな》われている』

『上流層の中でも王宮の中枢《ちゅうすう》に近しい、ごく一部の者にしか知られていないらしい』

といった内容だ。

「それって、情報屋さんの言ってた話と同じ？」

「かもな。情報屋の話は、『実りの大地の維持が目的』とか『彷徨《さまよ》い人《びと》が関わっている』とか具体的な分、内容も正確なんじゃないか」

訓練生達に代々伝わっている話なら、騎士候補生としての過去を持つブラムエルが何か知っているんじゃないかと、ルインは言う。

「そうなの？　ブラムエルさん」

希美香が訊《たず》ねると、ブラムエルは少し思い出すような素振りを見せながら答える。

「確かに、昔耳にした事はありますが、正直そこまで語り継がれている印象はありません」

宿泊酒場で情報屋から話を聞いた時も、記憶に引っ掛からなかったくらいだという。

「ふーむ……ちなみに、ブラムエルさんの報告は？」

そのまま話の流れでブラムエルに本日の報告を促《うなが》す希美香だったが——

「私からは特に何も」

という、まさかのゼロ回答を返された。

情報屋から話を聞いた帰り道、自身が生《い》け贄《にえ》候補なのではと危惧《きぐ》する希美香に『調べてみます』とだけ答えたブラムエル。その時の何やら考え込んでいた様子から、重要な情報を得られるのではと期待していた希美香は、肩透《かたす》かしを食らった気分になる。

「むう、何か凄い秘密とか聞けると思ったのに～」

あからさまにガッカリした様子でブーブー言う希美香に、ブラムエルは思うところがあったのか、意外な言葉を返した。

「秘密は、秘密だからこそ秘密なのです」

彼らしからぬ言葉に、希美香やユニは勿論《もちろん》、アクサスとルインも驚いた顔を向ける。希美香は少し真面目な顔になって訊《たず》ねた。

「もしかして、本当は何か知ってるの？」

「いいえ、私は何も。ただ……昔、父に言われた事があります」

ブラムエルがまだ少年だった頃、父親のリンベリオに連れられて王宮を訪れた事がある。その時、王の側室達と廊下ですれ違い、幼女を抱いた側室とリンベリオが挨拶《あいさつ》がてらに会話を交わすのを聞いたという。

『この子が——に選ばれました』

『……おめでとう御座《ござ》います』

幼女の髪を愛《いと》しそうに撫でながら哀しげに告げる女性に、気遣うように祝辞《しゅくじ》を述べた父親。ちぐはぐな言葉と雰囲気を不思議に思ったブラムエルは、父にその事を訊《たず》ねた。

するとリンベリオは、ブラムエルに家訓を教示する時のような、厳粛《げんしゅく》な空気を纏《まと》いながら言ったのだ。

『今は知らずともよい。だが、いずれお前も知る時が来るだろう。よいかブラムよ、秘め事というのは、秘めるべきだからこそ秘められている。それをよく覚えておく事だ』

隠される事にはそれなりの理由がある。その理由が何に関係するものなのか。そこをしっかり見極められる智慧《ちけい》と理性を身に付けてから、この国の秘め事に挑めばよいと。

「秘密を知ろうとするなら、相応のリスクも覚悟せよと、父によく言い聞かされました」

「ふ～む」

なかなか興味深い話を聞いた気がすると、希美香は腕組みなどして唸《うな》る。

「ルインさんとかは『いいからやめとけ』みたいな言い方だからアレだけど、そんな風にじっくり説得されたら考えちゃうなぁ」

「俺を引き合いに出すなっ！　つーか俺が止めても聞くつもりねぇって自白してんじゃねーか！」

「うわーしまったー」

ルインのツッコミに棒読みな台詞《せりふ》を返して遊ぶ希美香。割と真剣な話をしながらも、和気藹々《わきあいあい》としたじゃれ合いの空気を醸《かも》し出せている。

例の襲撃事件を切っ掛けに三人体制となった護衛組。彼等との関係は、以前に比べてかなり親密さが増しており、お互いに遠慮が無くなった感じだ。

希美香から『大っぴらに出来ない話』の情報源にされている彼等の中でも、特に有力な提供者となって希美香の信頼を得たいアクサスは、今日のために仕入れた最新情報を披露しようとする。

「最近は、実りの大地に幽霊が出るという噂が出回っていますね」

「幽霊？」

希美香が興味深そうに耳を傾ける傍《かたわ》らで、ギクリとしたユニが急にそわそわし始める。どうやら幽霊の類《たぐい》は苦手らしい。

アクサスが語る最新情報の内容は、『実りの大地の敷地内に夜《よ》な夜《よ》な少女の幽霊が現れる』というモノだった。

「んん？　それってもしかして、貴族っぽい少女の霊だったりする？　ドレス着てたりとか」

「おや、既に知っていましたか？」

噂によると確かに、幽霊はドレスを着た少女の姿をしているという。

「ううん、ちょっと気になる事があってね」

希美香はそう言って、ちらりとブラムエルに視線を向ける。その意味を理解したブラムエルは、首を横に振って自身は把握していない事を示す。

この時、希美香が脳裏《のうり》に浮かべていたのは、『幽霊の正体はサリィス姫の夜遊び』という可能性であった。

その後、城下街の図書館を出た希美香達は、実りの大地がある区画へ向かっていた。

「許可を取らなければ、敷地には入れませんが……今から入場申請をしてきましょうか？」

「ううん、外からちょっと見るだけでいいよ」

ディースプリネ家の名を使えばすぐに許可が下りますよ、と勧めるアクサスに、希美香はそこまでしなくても大丈夫と返す。希美香としては、今まで名前だけは何度も聞いてきた『実りの大地』を、一目くらいは実際に見ておきたいと思ったのだ。

王宮区に存在するその特別な農園区画は、高い塀と先端の鋭い鉄柵で囲まれた広い平地だった。

見張りが立つ門前から敷地内を見渡すと、緑の平原がずっと奥まで続いており、遠くにポツンと塔のような建物がある。その周辺には沢山の畑や栽培小屋があって、多くの農夫らしき人々が、収穫や運搬の作業に勤《いそ》しんでいる様子が覗《うかが》えた。

「ここが実りの大地かぁ。想像してたより普通の農園っぽいね」

「何だか、大貴族のお屋敷の庭みたいですよね」

門塀《もんぺい》に囲まれた敷地を見て、ユニが一言感想を述べる。希美香もそれに同意した。『特別な大地』というよりも、どこかの大金持ちの家の庭という雰囲気がするのだ。

そんな話をしながら眺めていると、王宮の方から馬車の一団がやってきた。作物を運ぶ荷馬車では無く、割と豪華な要人用の白い馬車だ。

(偉い人が視察にでも来たのかな？)

などと考えていた希美香の前で馬車が停まると、扉が開いて小さな人影が現れた。

「キミカ！」

「あれ？　サリィスちゃん」

なんと馬車から降りてきたのはサリィス姫だった。ふわっとしたスカートの裾《すそ》を持ち上げ、結構高さのある馬車の階段を器用に跳ね下りてくる。そして希美香の方へ、手を振りながら駆け寄ってきた。

「キミカー！」

「サリィスちゃん〜」

互いにトテトテパタタと走り寄り、正面から両手を繋ぎ合わせて「きゃーっ」と笑顔で屈《かが》み込む二人。ルイン辺りからは「何だそれは」と呆れた視線を送られるが、なんだか楽しいから良いのだ。

「まさかここでキミカに会えるとは思わなんだぞ」

「私もサリィス姫が来るとは思わなかったよ」

何にせよ丁度いいところで会ったと、希美香はサリィス姫に訊《たず》ねる。

「ちょっと聞きたい事があったのよ」

「なんだ？」

「最近、夜中にこの中うろついてたりする？」

「ああ、幽霊の話か。それなら私ではないぞ」

すぐに質問の意味を察したサリィス姫は、「実は私もその件で確認に来たのだ」と語る。

「な〜んだ、見物に来たのね」

「ん……まあな」

行動力のある姫様らしいわと納得する希美香に、サリィス姫は少し視線を逸《そ》らしながらも肯定した。

「しかし、そっかぁ。サリィス姫の夜遊びじゃなくて、本当に幽霊かもしれないわけね」

「希美香も、幽霊に興味があるのか？」

「興味というか、調べ物のついでにね」

「そうか」

サリィス姫はそう呟《つぶや》き、いつぞやのような大人びた表情を浮かべた。

その時、サリィス姫の護衛らしき正装した騎士が、控えめに声を掛けてくる。

「姫様、そろそろ……」

「うん、行くか」

騎士の囁《ささや》きに頷《うなず》いて答えたサリィス姫は、希美香に向き直ると、以前プレゼントされたオーダーメードの腕輪を見せながら言った。

「それではな、キミカ。この腕輪、嬉しかったぞ」

(うん?)

さっと踵《きびす》を返したサリィス姫は、騎士の手を借りて馬車の階段を駆け上がる。彼女を乗せた馬車は、実りの大地の中へと進んでいった。

それを見送る希美香は、先程のサリィス姫の言葉に違和感を覚えて小首を傾げる。

「なんだろう? 今の、何か変だったような」

「キミカ様?」

まるで今生《こんじょう》の別れのような雰囲気だったと唸《うな》る希美香に、ユニが気遣って声を掛ける。

希美香とサリィス姫のやり取りを見ていた護衛三人組のうち、アクサスが怪訝《けげん》な表情を浮かべながら呟《つぶや》いた。

「あの護衛騎士……近衛《このえ》ではありませんね」

「……ああ。恐らく、啓蒙《けいもう》騎士団だろう」

アクサスの呟《つぶや》きに答えたブラムエルに、ルインが疑問を呈《てい》する。

「啓蒙《けいもう》騎士団？　なんでそんなのが姫君の護衛に就《つ》いてんだ？」

彼等は王族を警護する近衛《このえ》騎士と違い、身分の高い罪人の監視と護送を専門にしている特殊な騎士団で、神殿勢力と密接な関係にあると謂《い》われている。

そんな護衛三人組の会話を聞いた希美香は、サリィス姫を乗せた馬車が潜《くぐ》った門をじっと見上げてから、アクサスを振り返って言う。

「アクサスさん、やっぱり入場申請をお願いできる？」

「構いませんが……今日は姫様が来ている関係で、許可が下りるまで時間が掛かるかもしれませんよ？」

姫様はただの見物に来たという話だったが、実際は何らかの公務で訪れている可能性もある。その場合、警備など諸々《もろもろ》の事情で待たされるかもしれない。

「うん、お願い」

「分かりました。では一旦王宮へ戻りましょう」

何となく、先程のサリィス姫の様子に違和感を覚え、ざわざわとした気持ちになった希美香。ひとまず実りの大地に入る許可を得るべく、王宮まで足早に引き返すのだった。

第十三章　彷徨《さまよ》う少女の霊

王宮に戻ってきた希美香達は、さっそく各施設を管理している部署に赴《おもむ》き、実りの大地に入るための申請手続きをしようとした。しかし――

「え？　駄目なの？」

「申し訳ありませんが、これからしばらく入場を制限する事になっていまして」

係の人にそう言われて、希美香の申請は却下された。すると、アクサスが窓口に詰め寄るようにしながら手続きの続行を促《うなが》す。

「ディースプリネ家の者です。僕が保証人になりますので、申請を受け付けて頂けませんか」

「いえ、それは出来かねます」

きっぱりと断られて少し驚くアクサス。希美香絡《がら》みでカムレイゼ派の中堅代表といえるくらいには名の知れたディースプリネ家。その威光が王宮施設に通用しないのは想定外だったのだ。

顔を見合わせたブラムエルとルインが、ユースアリ家とコンステード家も保証人になると名乗りを上げる。だが、係の人は首を横に振った。

「これは国王様からの通達なので。何人《なんぴと》にも許可は出せません」

「国王様が？」

トレク王から直接下された指示だと聞いて、さらに驚く護衛三人組。確かに実りの大地は普段から入場制限が掛かっているが、身元のはっきりしている者が出入りを断られるほど厳しいモノでは無かった。これでは実質、封鎖しているようなものだ。

「どういう事だ？　実りの大地を封鎖する話など聞いていないが」

ブラムエルは、普段から衛兵の詰め所に顔を出して、希美香の護衛任務に役立つ情報も収集している。そんな自分が聞いていないのはおかしいと困惑していた。

そこでルインが口を開く。

「今、姫様が入ってんだよな？　何か王族以外触れちゃいけない神事でもやってるんじゃないのか？」

「それなら、事前に関係各署へ通達があるはずだ」

ルインの適当な推測には、アクサスが突っ込んだ。門前から中の様子を見た時は、普通に収穫作業などが行《おこな》われていたし、特別な儀式を執《と》り行《おこな》うような雰囲気でも無かったと。

いずれにせよ、国王から直接指示が下りてくるなど尋常ではない。一体何が起きているのかと護衛三人組が唸《うな》っている傍《かたわ》らで、希美香は係の人に訊《たず》ねた。

「王様からの通達って、いつ出たの？」

「実はつい先程、あなた方がここを訪れる少し前に――あっ」

希美香の問いに答えていた係の人が、部屋の出入り口を見て目を瞠《みは》る。彼の視線を追った先には、沢山の勲章《くんしょう》が付いた豪奢《ごうしゃ》な衣装を纏《まと》う老紳士の姿があった。

その背後には、王宮内での諜報《ちょうほう》を専門にしている密偵《みってい》部隊らしき姿も見える。

「カ、カフネス侯爵様！」

「何か問題かね？」

係の人は緊張した面持《おもも》ちで立ち上がると、姿勢を正しながら答えた。

「いえ、特に問題はありませんっ」

カムレイゼ派の中心人物でもある、『カムレイゼ・カフネス侯爵』が現れた事で、護衛三人組はもう驚きを通り越して唖然《あぜん》としている。

超大物貴族の前で皆が固まっている中、希美香は『王様に謁見《えっけん》した日に王宮会議室で見た人だ』と思い出す。

（この人が、カムレイゼ派のリーダーなのかー）

かなり偉い人みたいなので、『この人に頼めば何とかならないかな？』と考える。

「あのー、私達『実りの大地』に入りたいんですけど、何とか許可を頂けませんか？」

カフネス侯爵の登場に固まっていた皆が、侯爵に対する希美香の要求にさらに固まった。ルインなどは『お前、物怖《ものお》じしないにもホドがあるだろ！』と内心で叫んでいるのが顔に出ている。

ふむと唸《うな》ったカフネス侯爵は、希美香に理由を訊《たず》ねた。

「なぜ、実りの大地に入りたいのだね？」

「実はさっきサリィス姫に会ったんですが、ちょっと様子が変だったので気になっちゃいまして」

希美香はありのままの気持ちを語った。

アクサスとブラムエルの表情に『それはぶっちゃけ過ぎだろう!』という思いが浮かんでいるが、希美香としては何も誤魔化《ごまか》す理由は無い。『サリィス姫の事が気になるので様子を見に行きたい』という本音以外の答えは無いのだ。

「よかろう。王には私から話しておく。ただし、入れるのは貴女一人だ」

護衛や使用人には外してもらうというカフネス侯爵に、ブラムエルが異議を申し立てる。

「恐れながら、最低限の護衛は必要かと」

「不要だ。理由も無く君達に外せと言っている訳ではない。だが、君達がその理由を知る必要は無い」

「……」

こうまでキッパリ言われると、立場的にも反論のしようがなく、ブラムエルは押し黙った。若干《じゃっかん》重苦しい空気になりかけたが、希美香は心配そうなユニやブラムエル達に「大丈夫だから」と声を掛けて、さっそく準備に取り掛かる。

準備と言っても特に持っていく物は無く、馬車の手配をしてもらうくらいだ。流石《さすが》にあのだだっ広い敷地内を徒歩で移動するのは大変だろう。

カフネス侯爵は、「実りの大地から戻ったら後で報告に来るように」と希美香に告げて、部屋を出ていった。大きな圧力から解放されたように、皆が肩の力を抜く。護衛三人組とユニ、ついでに係の人も、揃《そろ》って溜め息を吐《つ》いた。

その後、希美香達は再び実りの大地までやってきた。手配した馬車に乗り込んだ希美香は、門前で見送るユニと護衛三人組に一声掛ける。

「じゃあ、ちょっと行ってくる」

「お気を付けて」

門が開かれ、希美香を乗せた馬車がゆっくりと動き出す。緑の平原に一本だけ延びる、乾いた土色の道を、ひたすら真っ直《まっす》ぐ進んでいく。目指すは、遠くに見える塔のような建物だ。

平原には微妙な傾斜があって、緩《ゆる》やかな丘状《きゅうじょう》になっており、中心部に行くほど門の辺りからは見えなくなる。門前から見えていた栽培小屋の近くまで来たところで、車窓《しゃそう》から門を振り返ると、平原の傾斜ぶりがよく分かった。

下からでは分からなかったが、栽培小屋の並ぶ一帯には、他にも沢山の作業小屋が立ち並んでいる。そこで様々な収穫物を選《よ》り分けたり、貯蔵したりしている様子が覗《うかが》えた。

そして、遠くにポツンと見えていた塔のような建物の全貌《ぜんぼう》も明らかになった。一本の高い塔を持つ、重厚な石造りの建物。お屋敷や離宮というよりも、砦《とりで》と言った方がしっくりくる。

その建物を中心にして、周囲には広大な畑が広がっていた。下から見た時は塔の周りに栽培小屋が立っているように感じたが、塔のある建物と栽培小屋群は結構離れている。畑の間を抜けて塔まで延びる道は思ったより長かった。

（あ、サリィスちゃんの乗ってた馬車だ）

塔のある建物の玄関前らしき敷地に、要人用の白くて豪華な馬車が停まっている。すぐ近くには厩舎《きゅうしゃ》もあり、馬の世話をしている人達が見えた。

やがて、希美香を乗せた馬車は塔の建物の前に到着した。希美香が馬車の扉を開けて降り立つと、周りに居た世話係の人達が驚いたような表情を浮かべている。

もしや彼等にとって、ここを訪れる事は予想外だったのだろうか、などと考える希美香。だが、乗ってきた馬車の傍《そば》で、御者《ぎょしゃ》が困った顔をして立っているのを見て気付いた。本来なら彼が扉を開け、馬車から降りる希美香に手を貸すはずだったのだと。

「ごめん、急いでるから」

希美香はすっと手を翳《かざ》して御者《ぎょしゃ》に詫《わ》びつつ、案内も必要無い事を告げると、足早に塔の建物へと歩き出した。正装の御者《ぎょしゃ》は、それをお辞儀《じぎ》で見送るのだった。


塔の建物内に入ると、玄関の扉からすぐのところに広いホールがあった。左右には廊下が長く延びていて、正装をした騎士らしき人影が等間隔に立っている。

(確か、啓蒙《けいもう》騎士団って呼ばれてたかな?)

サリィス姫の馬車に同乗していた騎士と、同じ所属の人達だろう。ホール入り口に立っていた騎士の二人が顔を見合わせ、希美香に歩み寄りながら声を掛けてきた。

「失礼ですが、どちらの家の方でしょうか?」

「本日は当施設も立ち入り禁止になっていますが」

彼等が一瞬、剣の柄《つか》に手を掛けたのを希美香は見逃さなかった。相当警戒しているようだと判断し、まずはカフネス侯爵の名を出して確認を取ってもらう。

「さっき許可をもらったばかりなんですが、まだ連絡来てませんか？」

「……少々お待ちを」

二人組の騎士の片方が、そう言ってホールの奥へと消えていく。そこに上司なり連絡係なりが控えているのかもしれない。しばらくして、その騎士が戻ってきた。

「確認が取れました。大変失礼いたしました」

「サリィス姫は上の階に居られます」

丁寧に礼をした騎士達は、使用人を一人呼びつけ、希美香をお茶会の席まで案内するようにと告げた。

「お茶会？　サリィスちゃん、今お茶会してるの？」

「こちらです」

希美香が目を丸くして訊《たず》ねるも、使用人は粛々《しゅくしゅく》と案内役を務める。気軽に話し掛けられる雰囲気でもなく、名も知らぬ使用人は希美香を目的の場所まで案内すると、早々に立ち去った。

ともあれ、希美香は案内された二階の部屋を見回す。

かなり広々とした部屋だ。建物の裏側に当たる壁から広いテラスが張り出していて、そこに白銀の椅子とテーブル、白いレースの刺繍《ししゅう》が入った日除《ひよ》けの傘が見える。

テーブルにはサリィス姫と対面にもう一人、半透明の少女が着いていた。

「……」

目を凝《こ》らしてよく見直しても、やはり向こう側が透けて見える。

（あの子が、件《くだん》の幽霊なのかな？）

割と冷静に受け止めた希美香は、とりあえず彼女達のお茶会に交ざりに行く。歩き出した足は、思ったほど震えていなかった。


塔の建物の二階に設けられた広いテラスからは、遠くまで続く実りの大地が一望できる。地平線を覆《おお》う空は、そろそろ夕焼け色に染まろうとしていた。

そのテラスにて、半透明の少女と向かい合い、お茶会に興《きょう》じているサリィス姫。おもむろに歩み寄った希美香は、二人に声を掛けた。

「こんにちは～」

「っ！　キ、キミカ!?」

サリィス姫は「なぜここに!?」と椅子から飛び上がらんばかりの勢いで驚く。今日は何だか驚いた顔ばかり見る日だなぁと苦笑する希美香は、「気になったので様子を見に来た」と答えた。

「見に来たって……今日は誰もここに立ち入れないハズだが……」

「カフネスさんが許可出してくれたよ」

軽い雰囲気でテーブルに近付いた希美香は、心の中で一つ深呼吸をすると、半透明の少女にも声を掛ける。

「私もご一緒していいかな？」

『ええ、どうぞ。歓迎するわ』

少女の幽霊はそう言って微笑む。そして、サリィス姫に希美香の事を訊《たず》ねた。

『あなたのお友達かしら？　私にも紹介してくれる？』

「う、うむ……彼女はキミカといって、ラコエルと同じ彷徨《さまよ》い人《びと》なのだ」

「初めましてー」

サリィス姫に紹介されたついでに、幽霊の少女の名前と素性の一部が明らかになる。どうやら希美香と同じく異世界から来た彷徨《さまよ》い人《びと》らしい。

『まあ！　やっぱりそうだったのね。あなたは何だか他の人と気配が違う気がしたの』

ラコエルはそう言って両手を合わせながら、仲間が出来たようで嬉しいと喜んだ。

『この国に来たのは最近かしら？』

「うん、最初はいきなり山奥に居てびっくりしたけど――」

すぐ近くの街に案内してもらえたので助かったと、王都へ来るまでの出来事を掻《か》い摘《つま》んで話す。

『そう。お互い、運が良かったのね』

希美香の話に相槌《あいづち》を打つラコエル。希美香はこの半透明の少女について、もしや幽霊ではなく、半透明の人間が普通に存在する世界から来たのではないかと思った。

――が、それは違っていた。

『ようこそ、エントロージ国へ。違う世界に来て少し寂しいかもしれないけど、ここは安全に暮らしていける国だから大丈夫よ』

「エントロージ国……？」

希美香は一瞬、背筋に冷たいものが走った気がした。ちらりとサリィス姫を見やれば、膝《ひざ》の上でスカートを握り締めた手が微《かす》かに震えている。

彼女はラコエルに怯《おび》えながらも、普段通りの自分を演じようと気丈に振る舞っているのが分かった。

希美香の頭の中で、目まぐるしく既知の情報が飛び交い、交じり合い、組み変えられ、やがて一つの答えに集束する。それを確かめるべく、希美香はラコエルに話を振った。

「ここって、少し前までは色々怖い街だったみたいだね」

『ええ、そうね。私が彼に連れられて来た当時は、乱暴な荒くれ者や、頭のおかしい魔術士ばかりが蔓延《はびこ》る酷《ひど》いところだったわ』

あの頃は大変だったと、当時を思い出すように空を仰ぐラコエル。その時、彼女の姿が一瞬かなり薄くなった。しかしすぐ元の半透明に戻ると、希美香に問い掛けてくる。

『あなたも、何か特別な力を授かっているの？　私は、お金が集まり易い体質になったみたいで、結構大事にされたけど』

その質問により、希美香は己《おのれ》の導き出した答えに確信を持った。彼女は恐らく――

「私は、宝石類とか金属類とか金目のモノを創り出せるみたいで、『異界の錬金術士・彷徨《さまよ》い人《びと》キミカ』って呼ばれてるよ」

『まあっ、錬金術！　奇遇ね、私は「富寄《とみよ》せの娘・彷徨《さまよ》い人《びと》ラコエル」なんて呼ばれていたわ』

両手を合わせる仕草で微笑んだラコエルは、少し表情を翳《かざ》らせながら告げた。

『今は、「富国《とみこく》の彷徨《さまよ》い人《びと》」なんて呼ばれて、ここに祀《まつ》られちゃってるけれど』

ラコエルのために建てられたこの離宮は、今や神殿という名の監獄として、彼女を閉じ込めているのだという。

(――やっぱり……あの御伽噺《おとぎばなし》に出てくる、大昔の彷徨《さまよ》い人《びと》……)

エントロージ国に大きな富と祝福をもたらし、大国トレクルカームが成立する礎《いしずえ》を作ったという、およそ四〇〇年前の人物――の、幽霊。

ラコエルの正体をそう結論付けた希美香は、サリィス姫と同じく表面上は普段通りに振る舞いつつも、内心では割と動揺していた。

そんな希美香達に、ラコエルは表情を緩《ゆる》めながら言う。

『でも、お友達が来てくれるから寂しくないの』

「それって、サリィス姫の事?」

希美香が訊《たず》ねると、ラコエルはキョトンとした表情を浮かべる。

『姫……?　王女……姫……そう、お姫様!　私のお友達は、お姫様なの――』

少し間をおいてから思い出したかのように呟《つぶや》いたラコエルは、微笑みながらスーッと消えてしまった。

「あ、消えちゃった……」

話の途中で成仏したのだろうかと思った希美香。サリィス姫が息を吐きながら椅子からずり落ちそうになったので、咄嗟《とっさ》に身体を支える。

「サリィスちゃん、大丈夫？」

「……今日で、終わりかと思っていた」

緊張から解き放たれて脱力しているサリィス姫は、かなり疲労しているようだ。希美香はとりあえず、彼女が落ち着くのを待ってから事情を聞こうと考える。

(王宮に戻るのは、その後でいいよね)

テーブルに残されていたお茶を飲んだサリィス姫は、希美香が今日ここを訪れた理由と経緯を改めて聞く。そして、一つ息を吐《つ》いてから先程の半透明の少女、ラコエルの事を語り出す。

「彼女は、この国の……実りの大地の守り神なのだ」

「守り神？」

希美香が察した通り、ラコエルは大昔にこの世界に降り立った彷徨《さまよ》い人《びと》で、実りの大地を作った本人らしい。

「実りの大地は、十数年に一度、効果がなくなってしまうのだ」

ラコエルはその時期に現れ、実りの大地の特性――超高速栽培による大収穫効果を回復させる。特定の条件を満たした人物が彼女と触れ合う事で、それが達成されるという。

実は、サリィス姫は数日前からここに通っており、ラコエルとお喋《しゃべ》りやお茶会を通じて親睦《しんぼく》を深めていた。今回のように会話の途中で消えてしまう事もあるが、彼女との会話がある程度まで進むと、お友達にした相手を連れていってしまうらしい。

「連れていくって、どこへ？」

「それは、父様達もよく分からないらしい。あの世か、ここと
は別の世界か……」

「っ！　それって――」

「うむ……。生《い》け贄《にえ》、というやつだな」

サリィス姫は、今日辺り連れていかれるかもしれないと、覚悟を決めていたという。昼間の違和感の正体が分かって、納得と同時に戦慄《せんりつ》する希美香。実りの大地では、本当に生《い》け贄《にえ》の儀式が行《おこな》われていたのだ。

そしてその生《い》け贄《にえ》候補は、自分ではなくサリィス姫だった。しばし言葉を失っている希美香に、サリィス姫は静かに告げる。

「今回の話の最後に、友達の事を言っていたな。……明日は、確実だろう」

明日の交流で、間違いなく連れていかれると語るサリィス姫。彼女の少し青褪《あおざ》めた、まだ幼い横顔を見た希美香は、何だか無性に腹が立った。なぜこんな幼気《いたいけ》な子が生《い》け贄《にえ》にされるのか。

「……とにかく、一度王宮に戻ろっか」

「キミカ？」

ふ〜〜と息を吐いて憤《いきどお》りを鎮めた希美香は、冷静になって考える。こんな秘密の儀式の場に自分を立ち会わせたカフネス侯爵には、何かしら特別な思惑があるはず。

(戻ったら報告に来るようにって言ってたし、話を聞かないと)

そう思いながら、サリィスと共に部屋を出た。

希美香とサリィス姫が一階に下りていくと、警備をしていた啓蒙《けいもう》騎士団の騎士達が一斉に驚いた表情を向けた。どうやら彼等は、この儀式の事情を知っているらしい。

そう察した希美香は、王宮に戻る事を告げて帰りの馬車を用意してもらう。

「今日はこれで帰ります」

「は、ハッ！　お疲れ様でした。ではこちらへ」

サリィス姫を庇《かば》うように抱き寄せて歩く希美香に、騎士達も何かを察したらしく、馬車の御者《ぎょしゃ》達に帰り支度をするよう連絡した。

準備が整うまでの間、しばらく一階のホール内で待つ。サリィス姫は緊張からの解放と疲労のためか、既に眠そうにしており、希美香の腰に抱き着いてうとうとしていた。

カフネス侯爵や、王様達から話を聞かなければならない。実りの大地の生《い》け贄《にえ》と、古《いにしえ》の彷徨《さまよ》い人《びと》ラコエル。それらについて詳しい事情を聞き出すべく、希美香はサリィス姫を連れて帰途《きと》に就くのだった。

王宮に帰ってきた希美香達は、先に戻っていたユニや護衛三人組の他、近衛《このえ》騎士の一団に出迎えられた。半分夢の世界に入っているサリィス姫を抱きかかえたまま馬車を降りると、ユニと護衛三人組から労《ねぎら》いの言葉を掛けられる。

「おかえりなさい、キミカ様！　サリィス姫様も」

「ご無事で何よりでした」

「ただいま、ユニにみんな。何か物々しいね？」

ユニと護衛三人組が希美香の傍《そば》に駆け寄ってくると、その周りを近衛《このえ》騎士達に囲まれた。

聞けば、希美香が実りの大地に入った後、近衛《このえ》騎士達がやってきて皆を王宮に帰したらしい。同時に、自分達の監視も始めたようだとブラムエルが補足する。どうにも普通では無い状況に、アクサスやルインも警戒していた。

「そっか……まあ、そうよね」

「キミカ様？」

希美香は、ついさっき知り得たトレクルカーム国の秘密を考えれば、この物々しい警備も当然だろうと納得する。ともあれ、話を聞きに行かねばならぬと、カフネス侯爵のところまで案内するよう近衛《このえ》騎士達に頼んだ。

「と、その前にサリィスちゃんどうしよう」

このまま一緒に連れていってよいものかと悩んでいると、サリィス姫付きの侍女達がやってきて、既に眠りに落ちてしまった姫君を引き取る。

「流石《さすが》プロ」

ふわふわのドレスを纏《まと》った少女の運び方など知らない希美香は、ここまで彼女の腰を抱きかかえ、半《なか》ば引き摺《ず》るような形でえっちらおっちら運んできた。だが、侍女達は赤子を抱くようにスッとかかえ上げると、速やかに回収していく。実にスマートだと感心する希美香であった。

希美香達が近衛《このえ》騎士達に案内されてやってきたのは、以前、謁見《えっけん》の後に招かれた王宮会議室の、さらに奥にある特別会議室だった。中に入ると、中央に重厚なテーブルと高級そうな椅子が並び、壁際には数人の王宮使用人が控えている。

王宮会議室に比べて二回りほど小さい。室内を飾る調度品も少なく、いくつか肖像画が掛かっているくらいで、いかにも極秘会議をするための部屋といった雰囲気だ。

奥の椅子にはカフネス侯爵とトレク王の姿がある。そして、意外な人物がそこに居た。

「あれ、サータスさん？」

サータスは、ふりふりっと軽く手を振って微笑むと、皆に席に着くよう促《うなが》した。トレク王がいる事は予想していた希美香だが、サータスがいるのは予想外だった。

ちらりとルインを見やれば、彼も驚いているようだ。サータスは王室周りに顔が利くと知っていたルインも、今回のような非常事態にまで絡《から》んでくるとは思っていなかったらしい。

全員が戸惑いつつもテーブルに着いたところで、カフネス侯爵がおもむろに口を開いた。

「ではキミカ、報告を聞こう。君が見てきた事、知り得た事を全て話したまえ」

「……分かりました」

その前に色々と聞きたい事がある希美香だったが、この問題に触れる機会をくれたのはカフネス侯爵である。まずは要求に従い、自分の見知った全ての情報を話すのが筋かと考えた。

希美香の口から、実りの大地の中心部にある建物内で見た事、聞いた事が語られる。ユニ、アクサス、ブラムエル、ルインは、その内容に驚きつつも聞き入っていた。

一方で、トレク王、カフネス侯爵、魔導士サータスは、希美香の話に驚いた様子は無い。何かを判断しようとしているかのような雰囲気で、じっと耳を傾けていた。

やがて希美香が話し終えると、トレク王が頷《うなず》いて一言呟《つぶや》く。

「ふむ、そうか。アレと会話が成り立ったか」

小首を傾げる希美香に、カフネス侯爵が意味を説明してくれた。ラコエルの幽霊は、基本的に特定の条件を満たした相手にしか反応を示さないのだという。

「他の者が語り掛けても会話が成立せず、すぐに消えてしまうのだ」

しかし今回、希美香とは会話が成立した。希美香の報告内容から察するに、同じ彷徨《さまよ》い人《びと》である事が関係していると考えられる。

「ラコエルちゃんに話し掛けた彷徨《さまよ》い人《びと》って、私以外には居なかったんですか？」

「彼女が現れる時期に、この国に彷徨《さまよ》い人《びと》が居た事は無かったのでな」

希美香の素朴な疑問に答えるカフネス侯爵。「ああ、なるほど」と納得した希美香は、この話の流れで聞きたかった事を訊《たず》ねた。実りの大地の『効果の回復』のために捧《ささ》げられる『生《い》け贄《にえ》』についてだ。

「サリィスちゃんから聞いたんですけど……このままだと、連れていかれるって」

「うむ……」

躊躇《ちゅうちょ》なく核心を突いてきた希美香に、一つ唸《うな》って応《こた》えたカフネス侯爵は、トレク王に向き直ってお伺いを立てる。

「いかがなさいますか、王よ」

「……良いだろう」

じっと希美香を見つめていたトレク王は、この場に居る他の者達の顔も見回して言った。

「例の話を、聞かせてやるとよい」


――そうして、王家で秘匿《ひとく》されている事実が語られた。


実りの大地には、ある決まった時期に少女の霊が現れ、ある条件を満たした生《い》け贄《にえ》が要求される。

その条件とは、王族の血を引く十三歳の少女である事。

それは、トレクルカーム国に掛けられた『呪い』の一環であった。

事の発端《ほったん》は、大魔術戦争が終結した頃の時代。かつて『富国《とみこく》の彷徨《さまよ》い人《びと》』と呼ばれた少女が居た。

その少女は、傍《そば》におくと不思議と富が集まるという、特異な性質を持つ異世界人だった。

大魔術戦争で乱用された異形召喚魔術や、攻撃型転移魔術の影響により、空間に残った歪《ゆが》み。そこから度々《たびたび》異世界の異物が紛《まぎ》れ込む現象が続いており、稀《まれ》に生きた人間も彷徨《さまよ》い人《びと》として落ちてくる。

富寄《とみよ》せの能力を持つ少女ラコエルも、そうしてこの世界に落ちてきたところを、運よく行商人に拾われて生き延びる事が出来た。

その行商人がラコエルを保護してからというもの、商談は良い条件で纏《まと》まる、ギャンブルには必ず勝てる、失くし物はおまけ付きで戻ってくる。行商人は僅《わず》かな期間に、個人では扱いきれないほどの財を手にする事となった。

噂が噂を呼び、ラコエルと保護者の行商人は、やがて現在のトレクルカーム国の前身である享楽《きょうらく》の国、エントロージ国に招かれた。そして彼等が滞在している間、エントロージ国は急激に景気が上がり、かつて無いほど財政が潤《うるお》った。

このまま国に留めておきたいと考えた指導者達は、彼等に関するあらゆる情報を集め、分析し、策を練る。

ラコエルの保護者は、元々はしがない末端の行商人だった。悪人でこそ無かったが、学が無く、要領も悪い落ちこぼれ商人として、細々とやっていた。

そんな彼がラコエルを保護した事で、その恩恵を受け、今や何をやっても上手くいく大商人となっている。本人も戸惑いつつも人生の春を謳歌《おうか》していたのだ。

エントロージ国の指導者達は、行商人を貴族の身分に取り立て、この国に住まわせようと画策した。人生の最高潮だと浮かれた行商人は、迷いなく提案を受け入れる。

かくして、行商人から貴族になった保護者と共に、ラコエルはエントロージ国の住人となった。

ここまでは良かった。二人を国に留められた事で、その後もエントロージ国の好景気は続いたのだ。しかし、上手く進んだ事で指導者達は欲をかいた。

富はあくまで、彷徨《さまよ》い人《びと》である少女ラコエルのもとへ、彼女を保護している元行商人を通して集まる。その事に気付いた指導者達は、元行商人を通さず直接国に富を招くべく、色々な策を弄《ろう》して彼からラコエルを引き離した。

そして指導者達の一族の若い男性——いわゆる王子達がラコエルを誘惑して伴侶《はんりょ》にしようとするも、彼女は子供ながらに元行商人へ想いを寄せており、王子達に靡《なび》く事は無かった。

そんなラコエルもやがて年頃の女性に成長し、元行商人が既婚者となって恋愛対象から外れた頃、富の集まる場所が変わり始めた。ラコエルが親しくなったり、気に掛けたりした相手のところに集まるようになったのだ。

その当時、他国からもラコエルを自国に招こうとする動きがあり、警戒した指導者達はラコエルを離宮に隔離《かくり》すると、周りから人を遠ざけた。

誰とも深く関われなくなったラコエルは、幽閉《ゆうへい》された敷地内で次第に心を病《や》み始める。そのうち、手慰《てなぐさ》みに始めた魔術に傾倒《けいとう》して、錬金術を研究するようになった。

指導者達は、彼女の気を惹《ひ》くモノが出来たと一安心。エントロージ国には、錬金術に関連した希少な魔法鉱石類が大量に集まるようになり、財政は右肩上がりで順風満帆《じゅんぷうまんぱん》かと思われた。

しかし、上手く事が運んでいた背景には、一人の王女の存在があった。

離宮に幽閉《ゆうへい》されたラコエルが心を病《や》み始めた頃、彼女と密会していた王女が居たのだ。

ラコエルが錬金術の研究を始めたのも、その王女がこっそり忍び込んだ離宮に道具を持ち込み、王宮では出来ない魔術の実験をしていたからだった。

二人は秘密の交流を通じて、とても親しくなった。王女がラコエルの心の支えになっていたのだ。

だが、そんな王女にもやがて結婚の時期がやってくる。王女はラコエルに、もうここへは来られない事を告げてから、エントロージ国の王宮で隣国の王子と結婚式を挙げた。

エントロージ国と相手国による、領土拡大と同盟強化を主軸にした政略結婚。夜に行《おこな》われた式は一般公開されず、王族と僅《わず》かな上流貴族のみが出席した。

この宴《うたげ》の席に、ラコエルが現れる。

彼女の心の闇は、取り返しのつかないところまで進んでいた。黒水晶のナイフを握り、白いドレス姿で現れた彼女は、呪いの言葉を放って自害した。

その時ラコエルから噴き出した虹色の光は、王女の幸せを祝福しながら、この国の大地を呪い、隅々《すみずみ》にまで行き渡った。

この事件については早々に緘口令《かんこうれい》が敷かれた。居合わせたのは王族と上流貴族ばかりだったので、噂が外に漏れる事は無かったが、王宮から溢《あふ》れ出た光が国中に広がった光景は、城下街の誰もが目にしていた。

それから間もなく、エントロージ国に異変が起きる。領内で作物が育たなくなったのだ。

後《のち》に、ラコエルの研究室から発見された資料により、指定した範囲を宝石で覆《おお》って祝福する呪いである事が判明した。石像や偉人の墓標などに使用される、装飾加工系魔術の亜種である。

ラコエルが己《おのれ》の命を触媒《しょくばい》にして指定した範囲があまりに広かったため、土地の全てが宝石で覆《おお》われるまでは至らなかったようだが、土地全体に呪いの魔法が掛かっている状態。

そうして食糧を自給できなくなったエントロージ国は、国庫を開いて切り崩しながらの国家運営を余儀なくされた。

その頃から、ラコエルが幽閉《ゆうへい》されていた離宮の敷地内で、度々《たびたび》彼女の霊が目撃されるようになる。

それも、少女の頃の姿で。

呪いを解くため、高名な魔術士や研究者等が集められ、ラコエルの霊との接触が図られた。

ラコエルの霊は、友達が欲しいと言う。そこで使用人や一般民から、他言無用の極秘任務として彼女の遊び相手を募《つの》るも、ラコエルの霊は結婚した王女と会いたがった。

一度、周囲の反対を押し切って王女本人がラコエルのもとを訪れたが、彼女は違うと首を横に振って、他の者達と同様に興味を示さなかった。

色々考察した結果、件《くだん》の王女がラコエルと最も親しかった頃と、同じ年代の王族の娘にだけ反応する事が分かった。そして当時、十三歳だった末の王女が、ラコエルの霊の慰め役に抜擢《ばってき》される。

しかし、見事に気に入られた末の王女は、ラコエルの霊と共に離宮の敷地内に発生した光に溶け込み、二度と戻ってこなかった。

それ以来、ラコエルの霊が目撃される事はなくなり、王女が消えた敷地内で作物が育ち始めた。

それも、とんでもない速度で大量に。

この現象に、誰もが『生《い》け贄《にえ》』を連想した。だが、食糧難に陥《おち》っていたエントロージ国の指導者達は、皆が沈黙して実りの大地の恩恵に縋《すが》った。

王都でのみ大量の農作物が収穫できるようになったエントロージ国は、この時期から現在の体制を敷いて、トレクルカーム国を名乗る事になる。

それから十数年後、実りの大地の作物が成長を止め、敷地内を彷徨《さまよ》う少女の霊が現れた。少女——ラコエルの霊は言う。

『友達が欲しいの』

王宮内で喧喧囂囂《けんけんごうごう》の議論の末、当時十二歳だった第二王女が慰め役に選ばれるも、ラコエルの霊は違うと首を横に振る。

この時点で、聡明な者達は生け贄《いにえ》の厳密な条件と、この『祝福と呪い』の効果に気付いた。十三年毎《ごと》に、十三歳の王女を捧《ささ》げる事で、実りの大地は大量の作物を生産できる。

「今年がその十三年目に当たる。そしてサリィス姫は、今年十三歳を迎えられた」

——以上が、実りの大地に隠された秘密であると、カフネス侯爵は締め括《くく》った。

少し重苦しい空気に包まれる特別会議室。最初に沈黙を破ったのは、希美香だった。

「もしかして、私が王都に呼ばれたのって、この事とも関係してますか?」

「全くの無関係とは言えんな」

この大事な時期に希美香が王都に呼ばれたのは、呪われたこの国の在り方に何かしら変化をもたらしてくれる可能性に期待した部分もあるという。

「それってやっぱり、作物の収穫に成功したからですか?」

「当然それもある」

カフネス侯爵は、あわよくば生け贄《いにえ》の代わりにするという思惑もあったが、もしかしたら呪いが解けるかもという期待感もあった事を明かす。

それを聞いたユニは息を呑んで目を瞠《みは》り、護衛三人組は沈黙を守りつつも表情を硬くした。

だが当の希美香は、常に自分の身を護《まも》る事を念頭において行動しており、そういう事も当然あるだろうと想定していたためか、それほどショックは受けていない。

「サリィスちゃんは、自分が生け贄《いにえ》になる事を知ってたんですか？」

「候補になった王女には、十歳頃から心構えを持たせるための教育が施《ほどこ》される」

「……特別扱いも、その一環？」

「そう考えてもらって問題無い」

冷静に質問を繰り出す希美香と、それに答えるカフネス侯爵。彼等のやり取りを、トレク王やサータスは注意深く観察し、ユニと護衛三人組は驚き困惑しながら見守った。

希美香は、カフネス侯爵達の思惑を推察しつつ、初めてサリィス姫を見た日の出来事を思い出していた。

厭味《いやみ》伯爵ことクァイエン伯とのゴタゴタが道化師によって解消され、手土産《てみやげ》や贈り物の話になった時、サリィス姫が『精霊金のティアラが欲しい！』と言った。

あの時、希美香はトレク王の顔に一瞬、動揺が浮かぶのを見た気がしたが、道化師が語った『姫君の所望するティアラの諸費用』を聞いて納得していた。しかし――

(あれって、金額がどうこうって問題じゃ無かったのかも)

トレク王の動揺は、生け贄《いにえ》になる事が決まっているサリィス姫を哀れんでいたのかもしれない。

考えてみれば、王族が十万金貨程度の出費に顔色を変えるはずも無い。

「私に、ここまで教える意図は？」

「君の最近の活動や、サリィス姫との関係から考えて、いずれ気付くであろう事を見越した。加えて、君が我が国の領内で作物の栽培と収穫に成功した事を重視した」

たとえ『ラコエルの呪い』が解けずとも、実りの大地以外での農業が可能になれば、生《い》け贄《にえ》に頼った今の制度を変えられるかもしれない。カフネス侯爵はそう答える。

彼がなぜ好戦派のカムレイゼ派を率《ひき》いているのか、希美香は少し理解した。以前、お茶会の席で令嬢達から聞いたカムレイゼ派の主張、『作物が育つ普通の土地を得る事と、トレクルカーム国の安全と繁栄のために、故国を狙う近隣国を征伐すべき』という煽《あお》り文句の裏には、呪われた土地で繰り返される生《い》け贄《にえ》の儀式を終わらせようとする思惑もあったのだと。

「質問は以上かね？」

「……」

希美香は、自分に何が出来るのかを考える。カフネス侯爵やトレク王が、希美香にどこまで期待しているのかは分からない。だが、国の秘密をわざわざ明かしたのは、十三歳の王女を生《い》け贄《にえ》に捧《ささ》げ続けなければならない今の状況が、何とか打開される事を望んでいるからではないだろうか。

(ラコエルちゃんは……私と同じ彷徨《さまよ》い人《びと》だった)

もしかしたら、これまで呪いが解けなかったのは、呪いの主が彷徨《さまよ》い人《びと》である事が関係しているのかもしれない。

「ラコエルちゃんに関する資料って、ありますか？」

「……彼女と、彼女が研究していた錬金術の資料なら、今もあの離宮に残っている」

それを聞いた希美香は、今夜もう一度、あの離宮に赴《おもむ》く事を決めた。

第十四章　呪いと祝福の思惑

トレクルカーム国が建国以前から抱えていた、光と闇の歴史。そして、実りの大地に纏《まつ》わる生《い》け贄《にえ》の秘密を知った希美香。

このままでは、サリィス姫が古《いにしえ》の幽霊に連れていかれてしまう。

自分に何が出来るかは分からないが、何とかしたいと思った希美香は、再び実りの大地に向かう事を決めた。

この国の呪いと犠牲を終わらせるべく、古《いにしえ》の彷徨《さまよ》い人《びと》ラコエルの幽霊に臨む。

「許可は出そう。そこで何をするつもりかは聞かぬ。だが、相応の覚悟を持って行動するように」

「全ての民の生活に関わる事だ」

この国の未来が懸かっている。トレク王とカフネス侯爵はそう言って、希美香のために馬車の手配をしてくれた。

「じゃあ、私も付いていこうかな」

「サータスさん？」

「魔術の事を調べるなら、適役でしょう？」

そう言って席を立ったサータスは、会議室の出入り口に向かう。確かに、魔導士の彼女が居れば、ラコエルの残した資料から何か読み取れるかもしれない。この場に居る面々の中では最も適していると言えた。

「じゃあお願いします。ユニは、今回も留守番よろしくね」

「す、すみません……」

自分が幽霊を苦手にしている事を看破《かんぱ》したのであろう希美香の配慮に、ユニは申し訳無く思いつつも感謝した。今回の離宮訪問に護衛の必要は無く、サータス曰《いわ》くむしろ邪魔になるとの事なので、護衛三人組にも留守番をしてもらう。

「不甲斐《ふがい》なくて、申し訳ない」

「お力になれないのは残念です」

「まあ、サー姉がいるなら大丈夫だろうさ」

ブラムエルとアクサスは、この件では全く希美香の力になれない事を悔やみ、ルインはサータスのサポートがあるなら安心だと太鼓判を押す。

かくして、希美香は本日三度目となる実りの大地へ向かうのだった。

移動中の馬車の中で、希美香はふと気になって訊《たず》ねる。

「サータスさんは、ずっと知ってたんですか？」

「まあね。私も関係者だし」

しれっと王様達に交じっていたので、そうではないかと思ったが、やはりと納得する希美香。

サータスにこの問題の中心点である、『ラコエルの呪い』について訊《たず》ねた。

「前にユニから聞いた事があるんですけど、理不尽に死刑になった彷徨《さまよ》い人《びと》の呪いで街が壊滅したとかなんとか」

「ああ、呪いの疫病《えきびょう》の話ね」

サータスはその話の事も詳しく知っており、正しい内容を教えてくれた。

理不尽に処刑された彷徨《さまよ》い人《びと》の恨みの念が、呪い系の疫病《えきびょう》となって、処刑に関わった一族を全滅させた……というのが俗に知られている内容だ。だが実はあれは、その彷徨《さまよ》い人《びと》が持ち込んだ異世界の病気が、街を壊滅させた原因らしい。

「もともと病気を患《わずら》った状態でこちらの世界に落ちてきて、周囲の人にどんどん感染していったのよね」

早々に隔離《かくり》措置を取り治療が施《ほどこ》されたが、間に合わなかった。非常に感染力の強い未知の疫病《えきびょう》で手の施《ほどこ》しようが無く、街全体に広がって全滅——というあまりに痛ましい真相。

この話がそのまま広がれば、彷徨《さまよ》い人《びと》に対する人々の忌避感《きひかん》が強まり、発見しても放置されたり、無闇《むやみ》に殺傷されたりするかもしれない。

『ラコエルの呪い』の件もあり、特異な能力を宿す彷徨《さまよ》い人《びと》を率先《そっせん》して保護しておきたいトレクルカーム国の上層部は、彷徨《さまよ》い人《びと》が丁重《ていちょう》に扱われるよう画策して、嘘の情報を流すなどしているのだとか。

「そうだったんだ……？　じゃあ、呪いの仕組みとか、まだ解明されてないのかな」

「あの話を、参考にしようと思ったのかしら？」

希美香は件《くだん》の話の中で、王都の魔術士や研究家グループが呪いの疫病《えきびょう》の正体を解明しているなら、ラコエルの呪いを解くための参考にならないかと考えていた。サータスはそれを見抜いていたらしい。

「まあ、そんな簡単に出来るんなら、とっくにやってますよね」

「うーん、そうねぇ。呪いを解くなら、元を断てばいいって事までは分かってるわ」

「元って……ラコエルちゃんの幽霊ですか？」

「ううん。彼女の幽霊は、この呪いのサイクルに組み込まれた現象の一つに過ぎないわ」

元凶は今まさに足元にあると、地面を指差すサータス。

「この国の土地の全てが、呪いの発信地になってるの」

「え、それじゃあ……」

「そう、どうしようも無いのよ」

呪いの元凶や解き方は既に解明されているが、解くのは不可能という結論に達しているという。

「えー……」

トレクルカーム国の王家がこれまで生《い》け贄《にえ》を捧《ささ》げながら模索してきた打開策は、他の正常な土地に侵攻し、そこに王都を移転して、元の領地は単なる採掘の地として利用する方法。もしくは、呪いの性質を変えて、生《い》け贄《にえ》を別のモノで代用する方法。

そのいずれかが確立するまでは、現状の国力を維持するために生《い》け贄《にえ》を捧《ささ》げ続けるしかなかった。

「そっか……王様達も色々考えてたんですね」

「どちらも実現の目途《めど》は立ってないけどね」

そんな話をしている間に、希美香とサータスを乗せた馬車は門を潜《くぐ》って、緩《ゆる》い登り坂に入った。

すっかり夜も更《ふ》けた実りの大地には、篝火《かがりび》の灯りも無く、暗闇が広がっている。

塔の建物――ラコエルの離宮神殿はまだかなと、希美香が車窓《しゃそう》から外の様子を見ていると、サータスが唐突にこんな事を言い出した。

「……この国から逃げるなら、今がチャンスよ」

「え？」

「もう気付いてると思うけど、この国のお偉いさん達は、あなたを都合良く利用しようとしているだけ。その能力があれば、どこでもやっていけるわ」

「……なぜ今そんな話を？」

サータスの様子に違和感を覚えて訊《たず》ねると、彼女から思わぬ言葉を告げられた。

トレクルカーム国は、今回の件でサリィス姫を助けても助けられなくても、希美香を生涯この国に縛り付けておくための画策をしている。

「監視が甘くなっている今なら、逃がしてあげられるわ」

希美香がその身に宿す異能の力『創造精製能力《クリエーティブ・プリフィケーション》』があれば、もっと自由な国で好きなように生きられると説得するサータス。

「あなたは、自分の幸せを第一に考えるべきよ」

突然の勧めに驚いた希美香だったが、戸惑いながらも反論した。

「……別に、一方的に利用されてるって訳でもないよ。こっちも生活全般の面倒見てもらってるから、ウィンウィンだし」

すると、サータスは優しく諭《さと》すような口調で言う。

「自分が犠牲になるかもしれないのよ？」

「それでも、サリィスちゃんを見捨てて逃げるなんて事は出来ないよ。それに――ここで逃げたら、きっと生涯後悔すると思う」

希美香はそう言ってサータスに向き直ると、彼女の緋色《ひいろ》の瞳を真《ま》っ直《す》ぐ見つめる。

「それって、一生幸せにはなれないって事でしょ？」

「……」

一瞬、サータスの瞳が揺れた気がした。しばしの沈黙が訪れ、馬車の車輪の音だけが響く。

やがてサータスが、ふっと肩の力を抜いたように微笑んで答えた。

「その通りだわ。ごめんなさいね、変な事言っちゃって」

「いえ……」

希美香も肩の力が抜けて、自分が緊張していた事を自覚しつつ、今のやり取りについて考える。

何か彼女《サータス》なりの深い考えや事情があるのだろう。そう理解した希美香は、後でサータス自身の事も聞いてみようと思うのだった。

やがて、希美香とサータスを乗せた馬車は、実りの大地の中心に聳《そび》える塔の建物——ラコエルの離宮神殿に到着した。

既に夜更《よふ》けであるにもかかわらず、神殿内には啓蒙《けいもう》騎士団が詰めていた。彼等は生《い》け贄《にえ》の時期が来る度に、こうして離宮神殿に配備されるらしい。

彼等のほとんどは、生涯で二度、この離宮神殿を護《まも》る任務に就《つ》く。ここにいる騎士達の中でも年配の騎士は、十三年前に生《い》け贄《にえ》になった王女を見送る経験をしていた。

「ラコエルの研究室へお願い」

サータスが案内を頼むと、一階ホールの正面に立っていた二人の騎士が案内役を務めた。研究室は一階の奥にあるようだ。

「あ、ちょっと待って。その前に二階を見て来たい」

希美香がそう言って二階に上がる階段を指すと、騎士達はサータスにお伺いの視線を向ける。これにサータスが頷《うなず》いたので、先に二階の様子を見に行く事になった。

昼間も訪れた二階にやってくると、お茶会のテーブルなどがそのままになっている広いテラスに、半透明のラコエルが居た。今は、星空をぼーっと眺めているようだ。

初めて見た時は驚いたが、一度は会話もした相手なのでもう慣れた希美香は、歩み寄って声を掛ける。

「ラコエルちゃん」

『どこまでも広がれば、あの人の傍《そば》にもいられるのよ』

希美香を振り返ったラコエルは、唐突にそんな呟《つぶや》きを残して消えてしまった。

「え？」

ふと見れば、テラスの隅《すみ》の辺りを歩くラコエルの姿がある。今の言葉は何だったのだろうかと思いつつ、希美香は再びラコエルに近付いて声を掛けた。

「あのー……」

『雨が降ると流れちゃうわ』

またしても謎の呟《つぶや》きを残して消えた。そしてまた別の場所に現れる。ハテナを浮かべた希美香が困惑顔でサータスを振り返ると、彼女は微笑みながら言う。

「駄目みたいね、会話が成り立たない。でも、キミカちゃんに反応はしてるみたいね」

サータスの話によれば、条件を満たしていない人が話し掛けると、大体こんな感じになるらしい。というより、通常はこちらを認識すらしないそうな。

「昼間会った時に話せたのは、サリィスちゃんが居たからなのかな」

「そうかもしれないわね」

ちなみに、ラコエルの呟《つぶや》く言葉についても色々調べられたが、特に法則性や意味は無かったそうだ。恐らくは生前の記憶の断片が表れているものと見られている。

「……」

希美香は、何とも言えない気分でラコエルの霊を見つめた。サータスの話では、ラコエルの霊は呪いのサイクルに組み込まれた現象の一つに過ぎないとの事だった。

（でも、限定的にでも会話が成り立つって事は、自意識とかもあるって事だよね……）

人間が存在しているのも自然現象の一つと考えれば、ラコエルの霊が呪いの大地に纏《まつ》わる現象の一つだとしても、かつて実在した一人の人間だと思えるのだ。

とりあえず、現状ラコエルの霊に話し掛けても進展は無い。二階のテラスを後にした希美香達は、予定通りラコエルの研究室に向かった。

四〇〇年近く前から原状保存されてきた研究室には、古い錬金術の実験機器や本などの資料が数多く残されている。腐食の激しい木製の机など、交換が可能な物は必要に応じて新調されるらしい。古い机や器具に何かしらメッセージが刻まれていれば、それも再現されていた。

「わぁ～……何か、サータスさんのお店の工房に雰囲気が似てますね」

「そうねぇ。魔術の研究はもう、何百年も前から停滞気味だからねー」

現在でも少しずつ既存の魔術が洗練されたり、新しい概念を取り入れて派生したりと変化も見られるが、大きく変わる事は無いという。

「錬金術と魔術って違うんですか？」

「大まかに言えば同じようなものね。それぞれ方向性やカテゴリが違うだけって感じかしら」

魔力を用《もち》いて『静のエネルギー』である無から『動のエネルギー』である有を作り出そうと試《こころ》み

るのが、一般的な魔術の在り方だ。一方、錬金術は対象物の変化や進化におけるエネルギー抽出《ちゅうしゅつ》に重点を置く――というサータスの解説は、相変わらず希美香には難しくてよく分からない。が、変化に重点を置くという部分は何となく分かった。

（わらしべ長者みたいな感じかな）

使い方も分からない不思議な形をした容器や機械が並ぶテーブル上には、見慣れた工具っぽい形をした道具も並べられている。ペンチのような工具に、先端が球状になったマドラーっぽい銀の棒。針が二つ付いた注射器に、複数の目盛りが刻まれた分度器っぽい道具。それらの中に、黒っぽくて透き通った石で出来たナイフがあった。

「これって……」

「それが黒水晶の儀式用ナイフよ。実際にラコエルが式場で使った物らしいわ」

血痕《けっこん》が付着していたりはしないが、希美香はそのナイフに冷たい輝きを見た気がした。しかし、禍々《まがまが》しい感じはしない。

ラコエルの残した遺物を「ほぇー」と観察している希美香を、サータスは静かに見守った。先程は個人的な感傷から逃亡を勧めたが、今は国家側の人間という立場で希美香の行動を監視している。

サータスは、希美香がサリィス姫を生け贄《いけにえ》の宿命から救う事など、不可能だろうと考えていた。トレク王やカフネス侯爵が希美香をここに送り込んだのは、ある種の予定調和。呪いを解くための調査というのは、彼等にとって単なる口実に過ぎない。

勿論《もちろん》、希美香が呪いを解いてくれるかもしれないという期待感が、全く無い訳ではないだろう。

しかしそれは、採掘場でとれた黄金《おうごん》の粒の中に、精霊金が含まれるのを期待するほどの、小さく微《かす》かな希望でしかない。大国の為政者《いせいしゃ》が縋《すが》れるようなものでは決してないのだ。

自分の役割は、ここでサリィス姫を救えず傷付いた希美香を慰め、次の生《い》け贄《にえ》の時期までこの国に留まるよう誘導する事。サータスは、その心の奥底で今も燻《くすぶ》る感傷を隠して、王宮の外に在る女官としての責務を果たそうとしていた。

「ふーむ……」

「何か気になる事でもあった？」

古い実験器具を一通り見回した希美香が、顔を上げて唸《うな》った。声を掛けたサータスに、ふるふると首を横に振った希美香が言う。

「研究室を見ても何も分からないって事が分かった」

そんな希美香に、サータスは肩を竦《すく》めて「まあ、そうよね」と苦笑する。実際、魔術士でも何でも無い人間が実験器具を見ても、そこから何らかの情報を得られる可能性などほぼ皆無《かいむ》と言える。

資料についても同じで、既に十分調べられ、議論し尽くされていた。ここへ来て色々と調べて回るのは、言うなれば『サリィス姫が生《い》け贄《にえ》になる事に納得するための儀式』のようなもの。

どうにもならない事を理解し、受け入れるための手順、段取りを踏み進めている。そんな達観した気持ちをおくびにも出さず、サポート役を務めるサータスに対して、希美香がこんな事を言った。

「王様達は、呪いを変質させて、生《い》け贄《にえ》を別のモノで代用する方法とかも考えてたんですよね？」

「ええ、そうね。歴代の王達も色々と試してたみたいよ」

サータスは、『これまでの試《こころ》みの成果を知りたいのかしら？』と希美香の疑問に当たりを付ける。

だが、希美香は彼女の予想とは違う質問を投げかけた。

「そもそもラコエルちゃんの呪いは、どういう形で成立してるんですか？」

「呪いの成立……？　どういう掛かり方をしているか、という意味かしら？」

ラコエルの呪いと祝福は、『虹色の光』という形で国中に広がり、大地に浸透してその魔術効果を発現し続けている。それについては特別会議室での話の中で、既に説明しているはず。

「あれ以上に噛み砕いた解説は、ちょっと難しいわねぇ」

「ん～、そうじゃなくて……あのお話の中で聞いた呪いの効果って、本来なら大地を宝石で覆《おお》っちゃうんでしょ？」

「ええ、そうね。でも、範囲が広過ぎて本来の効果には至らなかったみたいだけど」

「そこっ！　本来の効果に達していないって事は、もしかして、まだ途中なんじゃない？」

「え……？」

サータスの背筋に、ゾクリとした感触が走る。この子は今、何を言おうとしているのか。

本能的な部分で感じ取る。今まで見落としていた、何か重要な手掛かりや可能性が、拾い上げられる瞬間を目撃するような感覚。

そんなサータスの動揺に気付いた様子も無く、希美香は自身が抱いた疑問に基《もと》づいて仮説を立てていく。

四〇〇年掛けても、未《いま》だ術が発動しきっておらず、指定範囲を宝石で覆《おお》う途中にあるのでは？

という仮説。ラコエルの呪いと祝福に関しては、彼女から噴き出した虹色の光が国中を覆《おお》ったという話だった。その虹色の光は、呪いが可視化したモノなのだろう。

今は見えなくなっているが、その呪いの光が地面に浸透し、大地から作物を育成する力を奪っている――いや、その力を実りの大地に集中させているとも言える。

「実りの大地の収穫量って、四〇〇年ずっと変わらず？」

「いいえ。確か、初期の頃より増えているはず――」

答えてからハッとするサータス。農業改革や品種改良などで収穫量が増したのもあるだろう。だが、実りの大地における収穫量の増加率は、他国の農業地帯と比べてもかなり高い。

しかもそれは、十三年毎《ごと》に増えている。

全ての富をこの地に集める――それがラコエルの願いだったのかもしれないと希美香は言う。

つまり他の土地を宝石で覆《おお》って作物を育成する力を奪い、その力を実りの大地に集めるというのが術の完成形なのだとしたら。

自分が死んでも、王女が困らないようにしたかったのだろうと。

『指定範囲を宝石で覆《おお》う』という効果に達していない事。生《い》け贄《にえ》が捧《ささ》げられる度に、収穫量が増加し続けている事。それらを踏まえて考えると、ラコエルの呪いはまだ発動の途中だという説が真実味を帯びてくる。

実りの大地に関する資料を散々《さんざん》読み漁《あさ》ったサータスだが、その考えには一度も至らなかった。

（異世界人で、素人《しろうと》だからこその発想なのかしら……）

もし希美香の言う通りなら、呪いに対して今までとは違ったアプローチも可能になる。攻撃魔術なども、発動途中に介入して無力化する事が出来るのだ。錬金術の呪いにも同じ方法が使えるはず。

「キミカちゃんの推論通り、呪いがまだ発動途中だとすれば、介入して変質させる事が……ああ、でも――あまりに規模が大きい」

一瞬、希望を見出したサータスだったが、呪いが掛けられた範囲が広過ぎて、介入しようにも弄《いじ》るべき場所の解析もままならないと頭を抱える。

「何十人、じゃ足りないわ。何百人もの魔術士を集めて、同時に解析をやらせて、それらの情報を集めて分析して――って、一年や二年じゃどうにもならないわね……」

それだけの魔術士を雇い続ける資金も然《さ》る事ながら、戦争中にそんな事をやれるほど戦況を優勢なまま維持しておけるのかという問題もある。

「呪いの解析って、そんなに難しいんですか？」

「解析自体はそれほどでも無いわ。ただ、ここへ来る途中でも話したけど、この呪いは発信地がこの国の全土に及ぶのよ」

起点はラコエルが自決した場所になるので、呪いの効果が発現する前であれば、その場所を解析して術の流れに介入する事も出来たであろう。しかし、呪いの効果は既に発現しているので、介入するには全体の流れを解析してどこからどのように介入し、どう弄《いじ》るのかを分析しなくてはならない。

「ああ……せっかくキミカちゃんが糸口を見つけてくれたのに……」

解決の方法は分かったが、実行するのは非常に困難という状況に、歯噛みするサータス。普段はどこか超然としているサータスが、珍しく苦悩を露《あらわ》にしている。

「……虹色……光……浸透……呪い」

こういう時は初心に戻ってイチからだと考える希美香。自分の知るこの世界や国について、最初から思い返し、何かヒントにならないかと記憶を探った。

初めてこの世界に降り立った時の事。手の平についた砂金。行商人ラグマンとの出会い。カンバスタの街。この身に宿る不思議能力の自覚。

「そうだ……魔法鉱石」

「え？」

希美香の呟《つぶや》きに、サータスが振り返る。

「私、最初はこの国の地面自体が変わってて、そこら辺に黄金《おうごん》とか宝石が落ちてたり埋まってたりするもんだと思ってたんですよ」

その後、この国は大昔の大魔術戦争の影響で国土が汚染され、希少な魔法鉱石類が他国より多く採れる代わりに、農作物が育たない不毛の地だと教わった。その情報に基《もと》づき、自身に宿る不思議能力を使って魔法鉱石類を取り除いた菜園を作り、作物の育成と収穫に成功した。

「作物が収穫できたって事は、その部分の呪いを引っぺがせたって事ですよね？」

「そう、なるわ、ね……確かに」

希美香の能力を使えば、呪いを『解除』や『変質』ではなく『除去』できる？　希美香の言わんとする事を理解したサータスは、大国の為政者《いせいしゃ》が縋《すが》れるようなものではなかったハズの、小さく微《かす》かだった希望が、とてつもなく大きなモノへ膨《ふく》らんでいくような感覚を覚える。

「ちょっと、やるだけやってみます」

そう言って、希美香は研究室の外へと足を向けた。

第十五章　虹色の川

研究室を後にした希美香は、サータスと共に離宮神殿の裏手側、件《くだん》のテラスを見上げる庭園にやってきた。そうして地面に手をつき、イメージしようとして、ハタと考える。

「あんまり広範囲を指定して魔法鉱石を掘り出したら、建物とかにも影響しちゃうわよね……」

菜園作りの時はたまたま狭い範囲に止《とど》めたが、今回は国中の大地から魔法鉱石を生やす事になる。何もない場所に生えるなら、どれだけ大量になっても問題無いかもしれないが、建物の下から生えた場合、倒壊などを引き起こす危険もある。

それを危惧《きぐ》する希美香に、サータスがアドバイスした。

「それなら、場所を限定して魔力を引き寄せるのはどうかしら」

「魔力を？」

虹色の光は呪いが可視化したものだとして、その呪いは魔力で構成されている。国中に降り注いだ呪いの魔力が大地に浸透した結果、魔法鉱石の素となったのだ。

「呪いの効果を維持・発現させている魔力だけを、全てこの地に引き寄せられれば、どんな塊《かたまり》が生えても他所《よそ》に被害は出ないと思うわ」

「なるほど……やってみます」

トレクルカーム国の大地に浸透した呪いの魔力を、実りの大地の一ヵ所に集める。

普段、この能力で何かを創り出す場合、イメージした物体に必要な魔力や素材が引き寄せられて目的の物が精製される。

今回はその逆を行《おこな》い、国中の大地に浸透している呪いの魔力を全て必要とする何かをイメージする。そうする事で、呪いを維持し効果を発現させている魔力を根こそぎ引き寄せるのだ。

だが、希美香が精製する『何か』をイメージしようとしたその時、突如現れた小さな手が希美香の腕を掴《つか》んだ。

「ひえっ」

「っ!?」

思わずびっくりして飛び退《の》く希美香と、目を瞠《みは》るサータス。なんとそこには、ラコエルの霊が佇《たたず》んでいた。普段よりも赤み掛かった半透明の身体は、どこか攻撃性を感じさせる。どうやら希美香の行動を止めようとしているらしい。

「な、何かラコエルちゃん、怒ってる？」

「……こんな反応は、初めて見るわ」

驚いた様子でそう呟《つぶや》いたサータスは、やはり希美香の答えが正解なのだと臨戦態勢に入った。

「キミカちゃんは、そのまま引き寄せを続けて。――風魔《ふうま》の集《つど》いは砦《とりで》となりて我らを囲い――」

常備している魔導具の力も借りて魔力を集めたサータスが、防御魔術の詠唱《えいしょう》を始める。

すると魔力の籠《こ》もった風が希美香とサータスを包み込むように覆《おお》い、外部からの物理的・魔術的な干渉を遮断《しゃだん》した。霊的なものも弾《はじ》くらしく、ラコエルの霊が希美香からじりじりと引き離されていく。

初めて本格的な詠唱《えいしょう》を伴《ともな》う『魔法』を目《ま》の当たりにして少々面食らった希美香だが、今のうちに引き寄せを行《おこな》うべく地面に手をついてイメージを始めた。

『それはダメ、それはダメ、それはダメ』

サータスが展開する魔風結界《まふうけっかい》に阻まれながらも、赤いラコエルの霊はそれを抉《こ》じ開けようと手を伸ばしてくる。霊の手が触れた場所では、侵食する呪いの魔力と結界の魔力がせめぎ合い、青白いプラズマが発生していた。

「く……っ！　なんて圧力――」

大規模な呪いに組み込まれた現象の一つとして顕在《けんざい》しているだけあって、ラコエルの霊は強力な破壊力を秘めていた。

サータスは結界を維持するのがやっとで、啓蒙《けいもう》騎士団を呼ぶ余裕も無い。何とか騒ぎに気付いて駆け付けてくれるのを期待するしかない状態。

そんな修羅場とも言える状況の中で、希美香は肝心のイメージが纏《まと》まらず焦りを募《つの》らせていた。

（魔力、魔力――っていっても、魔力がどんなものかイメージできないよ）

普段のように、イメージだけ浮かべて後は能力に丸投げするというやり方でどうにかしたかったが、『国中に広がった呪いの魔力を必要とするモノ』のイメージが浮かばないのだ。

（魔力の塊《かたまり》……魔法鉱石じゃなく、魔力自体が集まったもの……）

大地に触れた手の平には、未《いま》だ手応えは無い。呪いの魔力がどういう物なのか分からないので、それを必要とする物体を思い浮かべられないという問題は、思った以上に厄介だった。

その時、様子を見に来た巡回の騎士達が騒ぎに気付き、応援を連れて駆け付けた。

「サータス殿を援護しろ！　包囲結界、用意！」

啓蒙《けいもう》騎士団の騎士達は、全員が中級クラスの魔術士に匹敵《ひってき》する実力を持つ。彼等は縦長の大きな盾に防御魔術を付与して部分的な結界を展開し、ラコエルの霊を囲んで封じに掛かった。

『邪魔はさせない……』

動きを封じられたかに見えたラコエルの霊が一際《ひときわ》輝き、赤い魔力のオーラを放出する。すると、実りの大地が虹色に光り出した。

「っ！」

「これは……！」

呪われた大地から魔力を還元《かんげん》されたラコエルの霊が、強力な魔力の衝撃波を放つ。サータスの魔風結界が一気に侵食され、結界維持の補助として使っていた魔導具も負荷《ふか》に耐え切れず破損される。個々で部分結界を展開していた啓蒙《けいもう》騎士達共々、弾《はじ》き飛ばされた。

「いけない！　誰かキミカちゃんを護《まも》って！」

吹き飛ばされて庭園を転がりながらも、すぐに体勢を立て直したサータスが叫ぶ。護《まも》りがなくなって危険に晒《さら》される希美香だったが——

「これだ！」

活性化した実りの大地を覆《おお》う虹色の光。つまり『呪いの魔力』を目視できた事により、引き寄せる魔力のイメージが纏《まと》まった。

希美香はこの、『虹色の光』を集めるイメージをもって引き寄せを行《おこな》う。

(手応えがあった……！)

大地に手をついた希美香を中心に、虹色の光が渦《うず》を巻く。その現象に、ラコエルの霊がピクリと反応すると、その姿が足元から揺らぎ始めた。

『ア……アア……ア……——』

崩れていくラコエルの霊。希美香は引き寄せに集中しながら強く念じる。

(この呪いを終わらせる！)

呪いの礎《いしずえ》としてこの地に縛り付けられた『富国《とみこく》の彷徨《さまよ》い人《びと》』——少女ラコエルの魂を解放する。

国中に広がった『呪いと祝福の魔力』を、実りの大地の一点に引き寄せた。

かつてエントロージ国の大地を覆《おお》った『虹色の光』が、希美香の引き寄せに応じて呼び戻され、再び可視化される。

その現象は、現トレクルカーム国の全土で観測されていた。

王都の城下街では、石畳が敷かれた道も未舗装の地と同じく光に覆《おお》われている。

「な、なんだこれは……！　何が起きている？」

「地面が光ってるぞ！」

やがて虹色の光が浮き上がり、一点に向かって移動を始めた。呪いの大地を構成するラコエルの術が、虹色の川となって大地を流れていく。

啓蒙《けいもう》騎士団からの連絡で事態を把握した王宮は、直《ただ》ちに各街に向けて伝令を出すと、城下街にも布告の使者を走らせた。

「王宮より緊急警告！　王宮より緊急警告！　現在、王都に大量の魔力が集束中！　魔術に暴走の危険有り！　魔術の使用は控えるように！　繰り返す！　魔術の使用は控えるように！」

念のため、魔導具や鉱石ランプの使用も控えるよう通達が出される。夜更《よふ》けにもかかわらず、多くの人々が起き出して虹色の川を目撃するなど、混乱気味な王都ハルージケープ。

この騒ぎの中心地である実りの大地では、離宮神殿の庭園に巨大な光のモニュメントが出現していた。『虹色の光』を引き寄せている希美香を中心に、渦《うず》を巻いていた大地の光がせり上がり、塔を象《かたど》るように天に向かって伸びていく。

光の塔の周辺は凄《すさ》まじい強風が吹き荒れ、竜巻のように庭園の土や草花を吸い上げていた。ついに地面も揺れ始め、風の渦巻《うずま》く音と地鳴りの音が交ざり合い、オオオオォという咆哮《ほうこう》のような轟音《ごうおん》が王都中に響き渡る。

トレクルカーム国全土から集められた虹色の光は、希美香を囲むように聳《そび》え立つ光の塔へと集束し、さらに巨大さを増していく。既に離宮神殿の塔を超える高さまで達し、外周部分は神殿を半分呑み込んでいた。

離宮神殿の庭園で、尚も引き寄せを続ける希美香と共に、光の塔の内部に取り込まれているサータスや啓蒙《けいもう》騎士団。彼等は、膨張《ぼうちょう》を続ける光の塔を見上げる。

「これだけの魔力が集束して……少しでも破壊の属性に傾いたらおしまいね」

「極めて危険な状況です。サータス殿は退避を」

騎士達が「今のうちに安全な場所へ脱出を」と勧めるが、サータスは首を横に振る。

「あの子を置いては行けないわ」

そう言って、未《いま》だ引き寄せに集中している希美香を見た。拡大を続ける光の塔が、ついに離宮神殿の建物全体を呑み込んだその時、ようやく希美香が集中を解いた。

「ふう……ってなんじゃこりゃーーー！」

周囲の異変に気付いて叫ぶ。

「その驚き方はどうかと思うの」

「あ、サータスさん……」

苦笑しつつ「お疲れ様」と労《ねぎら》うサータスに、希美香は光に包まれた周囲を見渡しながら訊《たず》ねる。

「これ、どうなっちゃうんですか？」

「分からないわね……でも、国中から膨大《ぼうだい》な魔力が集まったって事は確かみたい」

希美香はサータスから、これをやった本人《キミカ》に訊《たず》ねるつもりだったと聞かされて唸《うな》る。自身も無我夢中で、とにかく呪いを終わらせる事しか考えていなかったので、集めた魔力がどのようになるのか想像がつかない。

「まあ、ずっとこのままって事はないでしょうけど」

「そうね。多分キミカちゃんが無意識にでも思い描いた形に納まると思うわ」

そんな話をしていると、光が若干《じゃっかん》落ち付いてきた。見れば、光の塔の下部辺りからゆっくりと薄れ始め、パキパキと音を立てながら石の壁に変化している。それも、ずいぶん透明感のある石の壁に。

「これって、宝石？」

魔力で出来た光の塔が実体化していく。やがて、ラコエルの離宮神殿が立っていた場所には、美しい宝石の塔が聳《そび》え立っていた。

離宮神殿を内包した宝石の塔は、王都のどこからでも見えるほどの巨大さであった。

富国《とみこく》の彷徨《さまよ》い人《びと》ラコエルが遺した呪いと祝福。数百年もの間トレクルカーム国を覆《おお》っていた呪いの魔力が希美香によって呼び戻され、一つのカタチを成した。

透明感のある宝石の塔を内部から見上げている希美香を、がばーっと抱きしめるサータス。

「凄いわキミカ！　あなたやっぱり最高よ！」

「わわっ」

不作の呪いも、生《い》け贄《にえ》の儀式も、希美香の力によって取り払われた。サータスは「あなたがサリィス姫とこの国を救ったのよ！」と、希美香を抱擁《ほうよう》しながら捲《まく》し立てる。

「そっか。サリィスちゃん、これで助かったんだね」

その事を実感するには、まだ数日は掛かりそうだが、これでひとまずサリィス姫の命の危機は去ったようだ。サータスの称賛と抱擁《ほうよう》を受けながら、ホッと一息吐《つ》く希美香。

――が、その後が大変だった。


実りの大地に聳《そび》え立つ巨大な宝石の塔。離宮神殿を丸ごと包み込んで仄《ほの》かに発光しているその塔の中で、啓蒙《けいもう》騎士団の騎士達は出口の探索に奔走《ほんそう》し、希美香とサータスはとりあえず一度、離宮神殿の中に戻る事にした。

「離宮神殿に詰めてた使用人さん達とか、大丈夫かな？」

「外に居た私達がなんともなかったんだし、まあ大丈夫でしょ」

結構大変な事になっている離宮神殿と宝石塔を見上げながら心配する希美香に、サータスは楽観的に返す。そうして二人が庭園から建物内に入ったところで、廊下の向こうから使用人の女性と、建物内の警備を担当している騎士が、慌てた様子で走り寄ってきた。

「サータス殿！」

「サータス様！」

「どうしたのかしら？」

「すっごい慌ててるね」

何か問題が起きたのかと、顔を見合わせるサータスと希美香。

「良かった……我々だけではどう対処すればいいのか分からなくて」

「お二人とも、すぐにこちらへ」

目の前までやってきて手早く礼を執《と》った騎士と使用人は、二人を一階の大ホールへと案内した。

ホールの出入り口には数人の騎士達が集まり、困惑した様子で出入り口の警備をしている。そしてホール内からは、ざわざわとした大勢の人の話し声が漏れ聞こえてくるのだが――

「あ、サータス殿、キミカ殿」

希美香とサータスに気付いた騎士達が、ザザッと脇に寄って道を空ける。一体何があったのかとホールの出入り口に立った二人は、中の様子を見て唖然《あぜん》とした。

「え……」

「なに、これ」

そこには、ドレスを纏《まと》った大勢の少女達の姿が。彼女達は、これまで実りの大地に捧《ささ》げられてきた、各時代の生《い》け贄《にえ》――十三歳の王女達であった。その数、二十八人。

「どういう事？　ラコエルちゃんみたいな幽霊とかじゃないよね？」

「……」

騎士達や使用人達と同じように困惑しながら呟《つぶや》いた希美香が、ふとサータスに視線を向けると、彼女は硬直したように立ち尽くして、ある一点を見つめていた。

「サータスさん？」

　そこへ、王女達の集団の中から一人の少女が近付いてきた。煌《きら》びやかな印象が強い他の王女達に比べて、大人しいデザインのドレスに素朴な雰囲気をしたその少女は、サータスの前まで歩み寄ると、じっと見上げる。

　彼女を見つめるサータスの口から、零《こぼ》れ落ちるように言葉が紡《つむ》がれた。

「キ……リカ……」

（え？）

　一瞬、自分の名前を呼ばれたのかと思った希美香だが、件《くだん》の少女がサータスの言葉に応《こた》える。

「お母さま」

（ええっ⁉）

　サータスを「お母さま」と呼んだのは、『キリカ』という名の少女。十三年前に生《い》け贄《にえ》に捧《ささ》げられた、この国の王女の一人であった。


　一夜明けた王都ハルージケープ。城下街は、昨夜遅く王都を包んだ虹色の光の川と、王宮区に突如現れた宝石の塔の話題で持ちきりだった。

　そして王宮では、保護された歴代の『贄《にえ》の王女達』の扱いについてや、希美香が起こした今回の『呪い破り』に関する議論や検証の準備に、てんやわんやの大騒動となっていた。

　実りの大地以外で作物が育たなかった現象については、呪いの魔力が全て離宮神殿に集められた事で解除されたと見られている。トレクルカーム国内の各街には、その検証を行《おこな》うよう通達すると共に、農業の専門家や農作物の種などが送られていた。

贄《にえ》の王女達は、一旦全員が王宮内の診療所に集められ、健康状態やその他の検査を受けた。最初に生《い》け贄《にえ》になった当時の末の王女から、前回の生《い》け贄《にえ》となった王女キリカまで、保管されていた髪の毛などによる鑑定で全て本人である事が証明された。

現代に蘇《よみがえ》った彼女達は、ラコエルの霊に連れていかれた先での記憶は曖昧《あいまい》だと語る。皆が一様に、人のいない離宮神殿や王都の街を、誰かと一緒に彷徨《さまよ》っていた気がすると話した。

彼女達の中には当然、若き日のトレク王と面識のある王女も居て、色々と不思議なやり取りが見られた。

「本当にあなたが、あのトレク王子なの？」

「また君に会えるなんて、思ってもみなかった……」

トレク王が十代の頃に交流があり、親しかった王女。彼女との感動か、もしくは衝撃の再会で王が胸を詰まらせていたりする一方で、もうこの世界に知る者が居ない王女達は、王都の街並みや王宮について、あそこが変わっている、ここも違っていると、ワイワイとお喋《しゃべ》りなどしていた。

「宝城壁は、すっかりくすんでおるな」

「塔の数が増えていますわ」

「お城が大きくなってるー！」

「あんなところに新しい宮殿が」

「あそこの噴水は無くなってしまったのね」

一気に王女が増えたトレクルカーム王室。大半が側室の娘である彼女達の今後の扱いについて、早急な議論がなされた。

その結果、現代まで家系が続いていた王女は、その子孫が引き取り、家が潰《つい》えて親族も残っていない王女は、王室が責任を持って面倒を見る事になった。

当分は離宮神殿が彼女達の住居として使われる。近いうちに増築して、王族の住居に必要な各種施設も追加していく予定なのだとか。

エピローグ

まだ若干《じゃっかん》、騒ぎも冷めやらぬ王都ハルージケープ。王宮の二階にある客室の一室にて、離宮神殿で体験した出来事をユニに語って聞かせた希美香。

今日はこれからサータスの店に出掛ける予定であった。

「昨日と一昨日《おととい》はみんなバタバタしてて、まともにお話も出来なかったからねー」

「例の、『キリカ姫』の事を聞きに行くんですね?」

サータスを「お母さま」と呼んだ、十三年前に生け贄《いけにえ》に捧《ささ》げられたという王女。彼女はサータスに引き取られ、魔導具総合本店の屋敷に住む事が決まっている。

「まあ、聞き出してどうするって訳でもないんだけど、気になっちゃってね」

「ボクも、サータス様の娘さんや王室との関わりについては、興味あります」

国王に直接意見を言えるなど、サータスの事を予想以上に凄い人だったと話していたのは数日前。

彼女の娘が贄《にえ》の王女だったという事は、サータスは王族と血縁関係にあったのか。それを今日は確かめに行くのだ。

「それと、あの時どうしてあんな事を言ったのか……」

「あんな事？」

希美香の呟《つぶや》きに、ユニが小首を傾げる。離宮神殿に向かった日の夜、馬車の中でサータスに、この国から逃げるよう勧められた。その事は、まだ誰にも話していない。

「ん、この話は……時期が来ればユニにも話すよ」

部屋を出ると、ルイン、アクサス、ブラムエルの護衛三人組が揃《そろ》って待っていた。

「おはようございます、キミカ様」

いつもと同じく優しい笑みで迎えるアクサス。

「よう、よく眠れたか？」

以前よりも雰囲気が穏やかになったルイン。

「出発の準備は出来ています」

普段と何ら変わりないブラムエル。

「みんなおはよー。今日もよろしくね」

三者三様の挨拶《あいさつ》に応《こた》えた希美香は、ユニを伴《ともな》い、護衛三人組《かれら》を従えて城下街へと繰り出した。

今日は徒歩ではなく馬車を使う。道中、馬車に同乗しているルインと、サータスの素性について話し合った。彼女《サータス》が王族関係者だったかもしれない事には、ルインも驚いたという。

「その事を親父に聞いたら、色々はぐらかされた」

ルインの父親は、『彼女《サータス》自身が話す気になったら、その時に本人から聞くといい』と語って、詳細は教えてくれなかったそうな。

「ふーむ」

単に贄《にえ》の王女の母親だったというだけでは無さそうだ。話してもらえるかどうかは分からないが、何か込み入った事情を抱えている気がすると、意見を一致させる希美香とルイン。

そんなこんなと話しているうちに、馬車はサータス魔導具総合本店前に到着した。


「こんにちは～――って、お仕事中か」

希美香達が店に入ると、サータスはいつもの定位置であるカウンターではなく、裏の工房に繋がる扉の前で、書類を持った従業員に何やら指示を出していた。

「しかし、触媒《しょくばい》の高騰《こうとう》で他の買い手と競合して、入手も困難になっていますが……」

「そこは大口の買い取りを前面に出して交渉なさい。長老達に口利きを打診しても構わないわ」

「分かりました、何とか来期の納入までに目途《めど》を付けてみます」

「お願いね。期待してるわよ」

サータスは最後にそっと囁《ささや》いて肩に手を置き、従業員を励ましてから踵《きびす》を返すと、そのまま希美香達に向き直った。

「いらっしゃ〜い、キミカちゃん。お待たせしてごめんなさいね」

「あ、いえいえ、お構いなく」

ビジネスモードのサータスは、まるで別人のような雰囲気で妙に迫力があり、何だか気圧《けお》される希美香なのであった。

通常の商談に使う応接室とは違う、特別な部屋に案内された希美香達は、改めてサータスと向かい合う。お茶を出した使用人が下がり、部屋にはサータスと希美香達だけになった。

すると、おもむろにサータスが話し掛けてくる。

「今日はどうしたの？　——て、聞くまでもないか……キリカの事ね？」

「はい、どうしても気になっちゃって」

ソファに座る希美香の答えに頷《うなず》いたサータスは、その後ろに並んだ護衛三人組の中の一人、ルインにも訊《たず》ねた。

「ルー君も聞きたいの？」

「俺は……意外とサー姉の事を知らないんだなって思ってな」

ルインは子供の頃の呼び方にツッコむ事もせず、父親から『本人が話す気になれば聞くといい』と言われた事を告げた。

「そう……ふふっ、相変わらず優しい人ね」

ふっと目を細めたサータスは、ルインの父親をそう評して微笑んだ。

少し長い話になる。そう前置きしてユニや護衛三人組もソファに座らせ、お茶の追加をしたサータスは、自身の過去について語り始めた。

若年の頃に王都へやってきたサータスは、大魔導師グレイヴァリに弟子入りし、日々魔術の修業に励んでいた。

当時のトレクルカーム国は、魔導具の高度な技術が既に確立しており、後はそこからどれだけ洗練された高品質な物を作り出せるかという、魔導具職人の腕の競い合いとなっていた。

新しい物が生み出されない、成熟した魔導技術社会。師匠のもとで退屈な魔術修業の日々を送っていたサータスは、刺激を求めて夜《よ》な夜《よ》な王都の街を遊び歩くようになった。

そんな日々の中で、彼女はある男性と恋に落ちた。その男性は、お忍びで夜の城下街に遊びに来ていた王子の一人だった。

「え、王子様って、まさか……」

「ううん、トレク王とは違うわよ。もっと末端の、第四王子か第五王子だったかな」

「『かな』って……」

「ふふっ。気持ちが離れちゃうとね、そんなものよ？」

過去の相手の素性など割とどうでもよくなると、男女の恋愛に絡《から》む生々しい心の移り変わりをさらっと流したサータスは、そのまま続きを語る。

王族の男性と密かに交際を続けていたサータスは、二十歳の時に女の子を産んだ。王族の隠し子を育てながら王都で暮らすのは厳しく、すぐに発覚して王宮の一部で表沙汰《おもてざた》となった。

子供は王族の男性側に引き取られ、サータスは大金を渡されて王都から放逐《ほうちく》される事になる。

失意のサータスだったが、丁度その時期にグレイヴァリ師匠から独立したエンデントが、傷心の彼女を弟子に迎えて支えた。

「エンデントって、カンバスタの魔導具店の？」

「そう、キミカちゃんに私宛の紹介状を書いてくれた人」

希美香は『そう言えば、師匠って呼んでたっけ』と思い出す。

サータスは長閑《のどか》なカンバスタの街で心の傷を癒《いや》しつつ、エンデントの下で修業を続けながらも、王都に残してきたキリカの事を調べていた。王室周りの情報を集めていれば、娘がいつ、どこの誰に嫁《とつ》ぐのかなども分かるはず。そう考えて、娘の成長を遠くから見守ろうとしたのだ。

そんな折、サータスは『実りの大地の生《い》け贄《にえ》』の事を知った。そして十三年前、サータスの娘『キリカ』は、実りの大地の生《い》け贄《にえ》として捧《ささ》げられた。

当時、王都に乗り込んでそれを阻止しようとしたサータスだったが、娘自身に止められた。

王女キリカは、『この国と人々を救うために犠牲になる事が使命である』と教育されていた。そのため、サータスの説得も聞かず、自《みずか》ら実りの大地の亡霊のもとへ赴《おもむ》き、生《い》け贄《にえ》となったのだ。

『全て、焼き尽くしてやる……』

怨念の炎を宿し、復讐鬼と化して王宮に乗り込んだサータスを救ったのは、グレイヴァリ元師匠だった。

サータスの暴走を止めたグレイヴァリは、同時にトレクルカーム国に対して、贄《にえ》の王女の実母サータスへの補償を迫った。実りの大地を維持するための生け贄《いにえ》を捧《ささ》げた一族には、規定の優遇措置がとられる。これをサータスにも適用するよう求めたのだ。

サータスは、彼女を支えてくれた人々に説得され、王都で魔導具総合本店の経営者として保証された身分を受け入れる事になった。そうする事が、彼女に協力した者への恩赦《おんしゃ》の条件になっていたのだ。

実はルインのコンステード家は、この時サータスの入国に協力している。流石《さすが》に王宮への殴り込みにまでは関わっていなかったものの、サータスに情報を流していた事で咎《とが》を受ける立場にあったコンステード家は、この恩赦《おんしゃ》で反逆罪を免《まぬが》れていた。

「以上が私の過去。キリカに関わる昔話よ」

そう言って、サータスは話を締め括《くく》った。

「そんな事があったのかよ……」

「ルー君のお父様には、随分お世話になったわ」

予想以上に重い話だったと、ルインは驚きを隠せないでいる。サータスが昔、頻繁《ひんぱん》に家を訪れていた裏にそんな事情があったとは。その事実も然《さ》る事ながら、十三年前にそれほどの騒動があった事を全く知らなかった事にも衝撃を受けていた。この国は情報隠蔽《いんぺい》の技術も優れているのだ。

サータスの昔話と、ルインとのやり取りを聞いた希美香が、ポツリと零《こぼ》す。

「……あの時、サータスさんがどうしてあんな話をしたのか、何となく分かりました」

そんな希美香の呟《つぶや》きに、サータスは微《かす》かな苦笑を見せる。サータスの心の中には、まだ小さな復讐心が残っていたのだ。希美香を逃がす事で、彼女がこの国を見限るように仕向けようとしたのかもしれない。

しかし希美香には、サータスが非情になりきれなかった事も分かった。結局サリィス姫を見殺しにする事は出来なかったのだと。

件《くだん》のキリカ嬢は、ラコエルの霊に連れていかれた先で長い年月を彷徨《さまよ》った影響か、考え方にも落ち着きが出ており、教育によって刷り込まれた生《い》け贄《にえ》思考は消えているらしい。今後はサータスの店を手伝いながら、世の中の事を学んでいくそうな。

王宮の自室へと帰る道中、希美香はユニにあの夜の事を話しながら、この国のこれからについて思いを巡らせた。

「食糧生産が自力で出来るようになったら、今まで王都の支援を受けてた他の街が、自分達で勝手に動くようになるかもしれないのよね」

「そうですね。これまでの王都と、王都を支える街との関係は変わってくると思います」

良好な関係が築けていればいいが、王都に不満を持ちつつ従っていた大きな街は、他国の工作に乗ってトレクルカーム国から独立するなどの動きを見せるかもしれない。もしそうなれば、内戦突入待った無しの動乱時代に陥《おちい》ってしまう。

「私が考える事じゃないんだろうけど、何とかそういうのは阻止したいよね」

「平和が一番ですよね」

希美香とユニの会話に耳を傾けながら、ルインは上《うわ》の空を装《よそお》いつつ、将来の暗雲に警戒心を抱く。アクサスは非常時の国内での振る舞い方を考え、ブラムエルは近く王都に帰還する父と話しておく内容を整理していた。


トレクルカーム国の領内で作物が育つようになり、各街では急遽《きゅうきょ》畑を作る土地を用意して、農業の準備が進められている今日この頃。

歴代の贄《にえ》の王女達は、半数以上が離宮神殿に住む事となった。新たに各種施設も追加された離宮神殿は『ラコエル宮殿』と名付けられ、慰霊碑《いれいひ》でもある宝石の塔『ラコエル慰霊塔《いれいとう》』と共に、王宮の管理下に置かれている。そこはトレクルカーム国の中でも、かなり特別な場所になっていた。

魔法鉱石で出来た『ラコエル慰霊塔《いれいとう》』は、王都を囲う『宝城壁』と並んで王都の貴重な観光資源となり得る。魔術を使う際の魔力の足しにもなるので、宮廷魔術研究所の併設も検討されていた。

またその一方で、希美香の『転移門創り』にも最適な環境だとして、度々《たびたび》サータスと付き人ユニを伴《ともな》い、慰霊塔《いれいとう》を訪れる希美香の姿が見られるようにもなっていた。

世界にも類を見ない魔力供給スポットを得た事で、トレクルカーム国の他国に対する魔導技術の優位性は、今後も変わらず維持できる公算が大きいと、各国の魔術士達からも評価された。

トレクルカーム国は、新たな時代を迎えようとしている。

そして、それを導いた異世界からの訪問者、『異界の錬金術士・彷徨《さまよ》い人《びと》キミカ』の名も、各国に広く知られ始めるのだった。

異界の魔術士
IKAI NO MAJUTSUSHI
無敵の発明少女 異世界に参上!
◎1～6巻、Special+ ◎四六判
◎各定価：本体1200円＋税
◎イラスト：miogrobin
RB レジーナ文庫
◎1～6巻 ◎文庫判
◎各定価：本体640円＋税
◎イラスト：miogrobin
◎1～3巻 ◎四六判
◎各定価：本体1200円＋税
◎イラスト：miogrobin
Spirit Migration
スピリット・マイグレーション
魔物に取り憑き異世界で大冒険!
◎1～6巻 ◎四六判
◎各定価：本体1200円＋税
◎イラスト：イシバシヨウスケ
アルファライト文庫
◎1～6巻 ◎文庫判
◎各定価：本体610円＋税
◎イラスト：イシバシヨウスケ
アルファポリスCOMICS
漫画：茜虎徹
◎1～3巻 ◎B6判
◎各定価：本体680円＋税

著者累計
77万部
突破!
ネットが生んだ
大人気チート作家!
「ヘロー天気」
シリーズ
Hero Tennki
大好評発売中!
World Customize Creator
ワールド・カスタマイズ・クリエーター
アルファライト文庫
アルファポリス
COMICS
ワールド・カスタマイズ・クリエーター
ヘロー天気
災厄の邪神として召喚された青年が
超チート性能で
異世界大変革!
ネットで大人気!
ワールド・カスタマイズ・クリエーター
ヘロー天気
1
超チート性能で
異世界大変革!
アルファライト文庫
創刊!!
ワールド・カスタマイズ・クリエーター
1
原作:ヘロー天気
漫画:土方悠
19万部
突破!
超チートスキルで
異世界大改革!
◎1~5巻、EX ◎四六判
◎各定価:本体1200円+税
◎イラスト:匈歌ハトリ
◎1~5巻 ◎文庫判
◎各定価:本体610円+税
◎イラスト:匈歌ハトリ
漫画:土方悠
◎1~4巻 ◎B6判
◎各定価:本体680円+税

ヘロー天気（へろーてんき）
天秤座O型。悲劇の物語ばかり好んで観る子供だったが、大人になるとハッピーエンドしか受け付けなくなり、安心を軸にした物語にこだわってWebで小説を公開。アルファポリス刊「ワールド・カスタマイズ・クリエーター」で出版デビュー。

イラスト：名尾生博

本書は、「小説家になろう」（http://syosetu.com/）に掲載されていたものを、
改題、改稿のうえ書籍化したものです。

異界《いかい》の錬金術士《れんきんじゅつし》

ヘロー天気（へろーてんき）

2018年 3月 5日初版発行

編集－河原風花・及川あゆみ・宮田可南子
編集長－塙綾子
発行者－梶本雄介
発行所－株式会社アルファポリス
〒150-6005 東京都渋谷区恵比寿4-20-3 恵比寿ガーデンプレイスタワー5F
TEL 03-6277-1601（営業） 03-6277-1602（編集）
URL http://www.alphapolis.co.jp/
発売元－株式会社星雲社
〒112-0005東京都文京区水道1-3-30
TEL 03-3868-3275
装丁・本文イラスト－名尾生博
装丁デザイン－ansyyqdesign
印刷－中央精版印刷株式会社

価格はカバーに表示されてあります。
落丁乱丁の場合はアルファポリスまでご連絡ください。
送料は小社負担でお取り替えします。

ISBN978-4-434-24349-3 C0093